太陽の小箱

中條てい

幻冬舎文庫

太陽の小箱

プロローグ

みんなが居間に引き上げたあと、食卓に残っていたらシオリさんが起きたばかりの赤ちゃんを抱っこしてやってきた。シオリさんはママの弟の奥さんだ。赤ちゃんは去年の夏に生まれた二番目の子で、みんながお正月のおせち料理を囲んでいる間、ずっとおとなしく隣で眠っていた。

「おっきして、お乳飲んできましたよー」

シオリさんが赤ちゃんのほっぺを指でつつくと、お腹のふくれた子は機嫌よく笑い始めた。首に巻いたガーゼのハンカチを外してもらうと、下に隠れて見えなかったロンパースの胸元に見覚えのあるひよこのワッペンが縫い付けられているのが目にとまった。

「あれ、そのワッペンって」

わたしが気づくと、シオリさんは「覚えてるでしょ」と笑った。

「上の子のお下がりを着てるの」

祖父母の家で迎えた三年前のお正月はちょうどシオリさんに上の子が生まれたばかりだった。

みんながお祝いを持ち寄ってきて、ママもクリーム色の、この子が今着ているロンパースを贈った。そのとき、わたしも急に思いついてこのひよこのワッペンを「かわいいから胸につけてあげて」とシオリさんに渡したのだった。

「うれしかったわよ、これがいちばん」

シオリさんはちらっとみんなのいる居間の方を見回して、鼻にしわを寄せて笑った。

「このひよこちゃん、おにいちゃんも大好きだったけど、今はこの子のお気に入りなの」

シオリさんは赤ちゃんの顔に「だよね」とやさしく話しかけた。

小学生のころ、よくパパにデパートの喫茶室へ連れていってもらった。その店のレジの横に光華堂の贈答用のお菓子が陳列されていて、中でもクッキーの入った赤い缶箱がいつもわたしの目を引き付けていた。丸くふくらんだ蓋に、金や銀で大輪のダリアの花の模様が打ち出されていて、うっとりするほどきれいな箱だった。眺めるたび、ずっとそれがほしくてほしくてたまらなかった。だからパパがアメリカへ発つと決まったとき、思い切ってパパにねだって買ってもらったのだ。

その箱を小学生のわたしは宝もの入れにして、身のまわりで見つけた好きなものを大事にしまっていた。このワッペンもそんな宝ものの一つで、お菓子についてきた応募券を何枚も集めてやっともらったものだった。

「わぁ、まだ持っていてくれたんだ。うれしい」

わたしの心にあの日の光景がぱっと甦《よみがえ》った。赤ちゃんを囲み、その場に集ったママもシオリさんも、それにおじいちゃんもおばあちゃんも、小学生のわたしが大切に抱えたこの箱からとっておきの宝ものをプレゼントしたのをよろこんでくれた。

パパが不在でも、また帰ってくると待っていたころだったし、みんなが笑顔になった輝かしいひとときだった。

ひよこのワッペンはここに残り、今も下の赤ちゃんの胸に貼り付いているけれど、それが入っていた宝箱、パパに買ってもらったあのダリアの箱はその日の帰り道、バスの中に置き忘れてそれっきりになってしまった。

パパとわたしを結ぶ赤い缶箱、わたしがあの日なくしてしまったのはその箱だけだったのだろうか。

1

——自転車盗られた。

少女は泣きだしたい思いをこらえて歩いていた。いつものように河川沿いの道を走ったあと、ちょっとコンビニに寄ったその隙だった。店の前で自転車に乗った少年ともう一人が立ち話をしているのは見たけれど、坊ちゃん刈りの中学生のようだったし、少女はとくに気にもとめなかった。

だから油断した。スポーツドリンクを取ってレジに並んでいるとき、ふと外に目をやると、背中を向けたまま中をうかがう少年の一人と目が合った。自転車に乗っている方のやつだ。視線がぶつかったとたん、さっと目を逸らしたその仕草がなんともやましげに感じられた。はっとしたその瞬間、もう一人の方が少女の自転車に乗って走り去るのが見えた。

慌てて外に飛び出し追いかけようとしたけれど、どっちへ逃げたのか、もう二人の姿は見えなかった。

「自転車盗られた！　さっきの二人！」

少女は道ゆく人に向かって叫んでみたが、それぞれが来た道をふり返るけれど、誰一人行方を指してくれる人もなく、同じ世代の少女らは仁王立ちして叫ぶ彼女の姿に笑いをこらえていた。

十五歳が乗るには贅沢すぎる自転車だけれど、高校受験を拒んだ厄介な娘が部屋に引きこもらないでいてくれるなら、と親が買い与えたものだった。

特注したドロップハンドル、ガンメタリックに鮮やかなピンクの吹きつけ塗装を施した自転車は、先々月に届いたばかりの新品で、少女はこれを自分の足とも翼とも感じて毎朝、毎夕乗り回していた。それが……盗まれた。

しかし、とぼとぼと徒歩で家に帰りつくころには、歯ぎしりするほどの悔しさも、はたしてこの事実をどうやって親に告げようかという胸苦しさに変わっていた。

ところが夜になり、少女がうち萎《しお》れてありのままを報告すると、不注意を叱るかと思った父は急になにか閃《ひらめ》いて、「任せておけ」とどこか余裕な表情で部屋を出ていった。

書斎で笑い声がする。電話の向こうにいる誰かと、いつになく大声で楽しげにしゃべり電話を切る。しばらくすると今度は向こうからかかってきたが、父の声はいっそうトーンが上がっていた。

一時間ほどして、ようやく書斎から出てきた父は、「見つかったぞ」と家族の前で得意げに言い放った。このときの父の姿が少女には、まるで「討ち取ったぞ」と敵の大将の首を掲げ持って笑う武将のように見えた。

「文殊さまを祀る、なんだっけ、寺があるだろ。そこの商店街に昼過ぎからずっと止まっているそうだ」

試しにその辺りにあるゲームセンターに問い合わせてみたところ特徴がぴったり一致した自転車があったというのだ。「まちがいない！」と父は大手柄を立てたように笑った。

「どうしてそんなことがわかるの」

少女だけでなく、彼女の母も姉も同じ顔をしてたずねた。すると父は、ちょっと言いにくそうにしながらも、「秘密だぞ」と断ってとんでもないことを口にした。

二週間ほど前、勤務先の病院でばったり中高時代に親しかった山崎という男と再会したそうだ。今は医者かと聞くので、そっちはなんだ、と聞き返したら、電子機器の開発をやっていると言う。面白いかとたずねたら、今取り組んでいる発信器のことを教えてくれた。

「冷戦時代の軍事産物らしいんだけどね、人工衛星を使って地上の標的を追跡できる仕組みがあるんだってさ。要するに、電波が届く範囲ならどこにいたって居場所がわかるんだよ」

父はまるで自分が開発したかのように自慢げにしゃべっていた。

「へえ、すごい！　スパイ映画が現実になるのね」

少女の姉は面白そうに目を輝かせたが、少女はそれが自転車とどう関係があるんだ、と訝《いぶか》っていた。

「試してみるかって聞くからさ、即、引き受けたんだ。とにかく動き回るものに取り付けてくれって言うから、車に置いてたんだけど、僕の車じゃ家と病院の往復だろ。実験にならないって言うんだ。それで……」

そこまで聞いて、母と姉は「ああ、わかった！」と手を打ってよろこんだ。

「それで、この子の自転車に取り付けたってわけね」

母親はクイズの回答をするときのように先走って口にした。

「ご名答！　サドルの裏側にね。気づかなかっただろぉ」

父はきょとんとする少女の顔を指さして笑った。

「いつからそんなものを取り付けてたのよ」

少女はコンビニの二人組のこともかすむほどに父の仕業とそれをもてはやす家族に腹を立てた。

「別に行動の監視をしたわけではないよ。実際に見てたのは山崎だけだし。あんな小さな装置なのにすごいんだよ。お嬢さん、野鳥なみに動いてくれるからいい実験になったってよろこんでたよ」

打ち明けてしまえば父は悪びれることもなく、軍事用の開発力はすさまじいだの、期待が持てるだの、問題から目を逸らしたまま勝手に話をしめくくった。

「ちゃんと先にあたしに言ったらどうなの、そのことを。黙ったままいつまで見張ってるつもりだったの」

「いや、怒るなって。あれはまだ充電もできない実験用だから、十日くらいしか機能しないんだ」

父は娘の怒りをはぐらかすように笑った。そればかりか、取り付けたタイミングがよかったおかげで自転車の在処《ありか》を特定することができたのだと、この偶然の成り行きに礼でも言えと言わんばかりの鼻息だった。

「そうよ、おかげで自転車見つかったんだし、よかったじゃない」

ぶすっとむくれている少女の横で、母はまたしても結果オーライの態度だ。

「商店街事務所ってところに保管しておくので二、三日のうちに引き取りにきてほしいと言ってた。明日行くだろ」

父は謝ることもなく、もうすっかり片付いたという顔でそう言った。

「乗ってきた二人組は？　補導された？」

「いいや。電波で追跡したとはさすがに言えなくてね。だけど、ゲームセンターが閉店しても乗り捨ててあったらしいよ」

「はあ？」

父も母も、娘にまた新しい自転車を買ってやらなくて済んだことにほっとしている。家族がみんな自転車のことはそっちのけで、もう発信器の話に沸いていた。

――乗り捨ててあったらしいよ。

さっき伝えられたことばが少女の胸でよどんでいる。自分の手柄話を自慢げに語った父の、あまりに軽々しい伝え方に少女の心はいっそう踏みつけられた。

次の日、父がくれたメモを手に少女は商店街までやってきた。合格祈願で知られる文殊さまを祀った寺の参道にあり、「合格」になぞらえて、その名も「五角商店街」という。六月九日の今日は恒例の売り出し日らしく、通りには「五か九市」と書かれた三角旗が飾り付けられて、平日だというのにけっこうな賑わいを見せていた。

通りの中ほどにゲームセンターがあった。こんなところに乗り捨てられたのかと思うだけで腹が立ち、少女はきっと睨《にら》みつけて通り過ぎた。

メモによると、参道を逸れたところにある空き店舗が商店街事務所として使われているらしい。山門に向かう手前を折れると、人通りのまばらになった一角にそれらしい色褪せたビニールテントの庇《ひさし》を見つけた。しかし、表には「区議会議員〇〇連絡先」の黄色い看板が立っているし、ガラス戸には「ヨガ教室　生徒募集」の広告をはじめさまざまなサークルの活動予定などがべたべたと貼り付けられている。ここがはたしてその事務所なのか、と視線を下ろしていくとマジックで手書きされた「念力研究所」という胡散臭《うさんくさ》い貼り紙を見つけた。

——まさか。絶対ここじゃない。

そうは思ったが、貼り紙の隙間からちらりと、板張り床の上に盗られた自転車が保管されているのが見えた。

戸を半分開けて中を覗くと、がらんとした二十畳ほどのホールがあり、その奥にスタンドを灯した事務机が置かれたもう一つの部屋があった。少女は中に入り、土間から奥の人影に向かって「すみません」と呼びかけた。

「どうぞ」と声がしたものの、ほんの十五センチばかりの段差でも板張り床は土足とも思えず、少女はもう一度その場所から声をかけてみた。

「あのう、すみません。自転車引き取りにきたんですが」

「あ、そう」とこちらを見た男は、「どうぞ、こっちへ」と事務机の前から手招きした。

すぐそこに、床を汚さないようにダンボールを敷いて自転車が置かれている。これを引き取って帰ればいいだけなのに、わざわざ靴を脱いでそこまで上がる必要があるのか。

——あんたがちょっとここまで来て、自転車を下ろしてくれれば済むことじゃないの。

少女は強情にその場で待った。

「あー」と聞こえよがしに言って腰を上げてきた男は、来るなり少女の足元を見て苦笑いした。

「うわぁ、どっかへ戦争にでも行くような恰好だな」

裾をロールアップした迷彩柄のズボンと編み上げのコンバットブーツは、父親からも同じようなことを言われた。

「持ち主かどうか確認しなきゃならねぇし、受け取りも記入してもらうから、ま、そのごつい靴脱いでとりあえず上がってくれよ」

痩せて貧弱な体格にうっすらと無精ひげを生やした男は、風貌が冴えないせいで老けて見えるが、振り回している手が思いの外若かった。ワルというほど強面《こわもて》でもないけれど、口調にも態度にもどこか妙に粋がっているところがあり、ごねても無駄かと少女は仕方なく靴を脱いで上がった。

がらんと物のない手前のホールと対照的に、奥の部屋は不要なものを全部投げ込んだような乱雑ぶりだった。スチール製の書棚にも事務机の上にも雑然と物が積まれ、男の私物らしきものが辺りにごちゃごちゃと散らばっていた。

「ええっと、男の人の名前で連絡きてるんだけど、この人は誰？」

「あ、父です」

男はメモに書かれている住所や電話番号をたずねて少女が持ち主かどうかを確認した。

「いい自転車だな。高かったろ？　あれを乗り捨てにするとは、どこの阿呆の仕業かな」

この男の、こっちを半人前扱いするような口ぶりと、やたら億劫《おっくう》そうにふるまうところが癪《しゃく》にさわったけれど、今の一言で少なくとも父よりは話の通じるやつだと思った。

「しかもゲーセンとはな。むかつくだろ」

書類を書き込みながらしゃくるように顔を上げた男に、少女はふんと笑い返した。

「娘にこんな自転車買い与えるなんて、オヤジさんなにやってる人なのさ」

「別に、ふつうの勤務医」

「ふつう……。こりゃいいや。なんでもふつうってつけちまうとあっさりするな。ふつうの総理大臣、ふつうのヤクザ、ふつうの宇宙人……全部、ああそうなのって思ってしまえるよな」

男は話を自分で広げて、はっはと笑う。皮肉を言っているのではなく、心底愉快そうだった。変なやつだと訝る少女の前に一枚の紙が突き出された。

「これ、受け取りだからさ、ここんとこに署名してくれるかな」

ペンを渡され、サインして返す。

「ジュウ？　番号じゃなくってさ、名前だよ。あんたの名前」

「数字じゃない。アルファベットのIとO。イオって読む」

男は呆れた顔でちっと舌を打った。

「あんたのサインくれなんて言ってねえ。署名だよ。ちゃんと本名を書いてくれなきゃ困るんだよ」

「いやだ」

親がつけた名前は好きじゃないから、いつもこれで通していると少女はゆずらない。

「あのな、友だちの間じゃそれで通るかもしれないけど、病院や学校はそうはいかないだろ。学校で使ってる名前をちゃんと書いてくれよ、な」

「友だちなんかいないし、学校へも行ってないもん」

男は椅子の背に身をもたせかけて、鼻越しに視線を寄越した。

「へえー、じゃあ誰がそうやって呼ぶんだい」

「自分。あたしはそう名乗るの」

「あっ、そ」

小馬鹿にしたような返事をして男は腕組みをした。これ以上言っても無駄な相手だと推察したようだ。学校へも行かず、この勇ましい身なりで高価な自転車を乗り回しているのは、誰の言うことも聞きませんと紙に書いて貼ってあるようなものだ。

「親がちゃんとつけてくれたのがあるだろうに、なんでまたこんな名前なのさ。マンガに出てくるのか」

「ちがう！」

少女はうるさいハエでも追い払うように首をふった。

「いちばん短い名前だから。文字もシンプルで、直線と楕円なんて最高にきれいだし」

こんなオヤジに聞かれることなんか無視しておきたかったが、マンガとバカにされたら言い返すしかなかった。

「へぇえ、きれい。そうかね。マリとかエミとかとどこがちがうの」

――わかっちゃいない！

少女は「全然ちがう」と怒って、ローマ字表記すればＭＡＲＩは四文字、ＥＭＩは三文字、ＩＯは子音をはさまないで母音だけが二つ並んでいるのだと教えてやった。

「ボインが二つか。そりゃいいな」

男がスケベ面《づら》でにやりとするのを、少女は怖い顔で睨み返した。

「はあ。ま、いいや。じゃあオヤジさんの名前を書いておいてくれよ」

紙を戻されて少女が父親の名前を書いているとき、表の戸がそっと開いた。振り向くと、身幅だけ開けた間から五分丈のパンツをはいた小学生男児が恐る恐る入ってきた。この少女がしていたように、土間に立ちすくんだままキョロキョロと人が応対に出てくれるのを待っていた。

「どうぞ」と、またも男はぞんざいに中から呼ぶ。

――あんたが立っていけばいいじゃん。

少女は片眉をつり上げて男に目を遣《や》ったが、続いて少年が、

「あのう、念力研究所ってここですか」

とたずねるのを聞いてたまらず噴き出した。

――マジ？

たとえ小学生だとしても、あんな貼り紙に吸い寄せられてくるやつがいるとはバカ

にもほどがある。

「ああ、そうだけど。なんの用？」

気のないような受け答えをしつつも、ちらりと少女の反応をうかがう男の表情にちょっと取り澄ましたものが混じっていた。いつだったか姉の友だちが訪ねてきたときの父も、そわそわとこんな顔をしていたと思い出す。手招かれて、少年は上がってきた。

「あの……弟を捜してほしいんです」

「なんだ、迷子か」

あからさまにがっかりした男は、それなら交番へ行けと駅の方向を指さしたが、少年はそれを遮るように首をはげしくふった。

「迷子じゃなくって、どこかへ連れていかれて、死んでしまったんです。それがどこなのか、ぼく、知りたくて……」

少女と男は声もなく顔を見合わせた。

「ちょっと待ってくれ。霊視とか、拝み屋っていうのならさ、俺の分野じゃないぜ。そういうのはどっか他をあたってくれ。俺じゃあ全然役に立てないからさあ」

男は聞くに及ばずというよりは、毛虫を払うほどの態度で少年を突っぱねた。歩み寄る少年の足がその場で止まる。くっと踏みとどまった白い靴下が、少女の目には怖じけて縮こまった少年の心のように映った。

「おじさん、あんな貼り紙しといてそれはないよ。この子真剣そうなのに。ちゃんと事情を聞いてやってよ」

少女が噛みつき、少年が恨めしげな目を向けると、まんざら薄情でもないのか、男は弱り顔を見せた。

「念力って、あれはな、前の誰かが貼ってったやつで、面白そうだから剥がしてないってだけのことで、その……」

「そうじゃないってば！　この子小学生だよ。もしかしたら保護が必要かもしれないのにさ、追い返すなんておとなとして無責任じゃないのってことよ」

少女の言うことには一理あった。こんなふうにやって来たからオカルトかぶれかガキの悪い遊びかと決めつけてしまったが、なにかの事件がらみなら、そうだ、たしかに困ったことになる。男は思い直し、とにかく事情だけは聞いておこうとソファの上に丸めてあった昼寝用のタオルケットを払い除《の》け、そこに子どもを座らせた。

「いなくなったのはいつのことなんだい」

「二年前」

「はあ？　そんな前か」

ややこしいやつばかりが来る日だと男は頭を掻いた。

「それって誘拐事件なの？　死んだって、どういうこと」

もう一人のややこしいやつ、イオと名乗った少女は探偵よろしく、興味津々の様子で横から口をはさんだ。少年はちがうと首をふり、この人は誰かという目を男の方に向けた。

「おまえ、もういいから、自転車持ってさっさと帰れよ」

「いやだ。こんなこと聞きかじったままで帰れないよ。おじさんが面倒がって追い返すといけないし」

こういうことは言った、言わないでもめ事になるから証人がいた方がいいのだと少女は主張した。言いくるめられている気はするが、それも道理だ。未成年の娘だけれど、口は一端《いっぱし》のおとな並みだし、なによりこいつを追い払うにはもっと手間がかかりそうだと男は考えた。

「話がまるっきり見えないなあ。どうして小学生がさ、一人でそういうこと聞きにくるのさ」

そんな大事なことは、子どもがあれこれせず、まずは親と話してみることだと諭すと、

「おかあさんは死んだっていうだけで、なにも教えてくれない」

と頭をふる。

「そんじゃあ、おかあさんが嘘をついてるとでも思うのか。本当は生きてる。だから弟を見つけ出したい、そういうことか」

少年は地団駄を踏んで、もっとはげしく頭をふった。

「ちがう。死んだ。だって、おかあさんがキロちゃんの骨を食べるところを、ぼく、見たもん」

「おいおいおい……。うわっ、ちょっ、ちょっと待ってくれ。やっぱり俺じゃ無理。手に負えねえよ、そんな話」

男は手にしていたペンを机に投げ出し逃げ腰になったが、それを尻目に少女はすっくと立ち上がり、あらためて少年の隣に座り直した。

「あたし、イオっていうの。もうちょっとで十六歳。あんたは?」

「ぼくは山下カオル。十一になったとこ」

「わかった、カオル。じゃあ、二年前ってことはあんた小三だったんだよね。そこへ戻ろう。弟はキロちゃんっていうんだね」

うん、と答えてカオルは膝の上で指を〝喜朗〟と動かした。

「はあん、キロウか。朗らかに喜ぶって、いい名前じゃないか。親の願いを感じるぜ、なあ」

横から口をはさむ男の顔をぷいと無視して、イオはまるでドラマで見る心理学者か捜査官のように少年と向き合った。

「カオル、小三だった頃に戻るんだよ。弟はどうやっていなくなったの。その日のことを思い出して、まずはそこからゆっくり順番に話してごらんよ」

うん、とうなずいたものの、いざ話そうとすると少年は「どこから」とすがりつくような目を向けた。

「いなくなったのは二年前のいつ？」

「五月。連休のあと」

「誰かが来て、連れていっちゃったの」

「ちがう」

イオに糸口まで誘導されて、少年はやっとその日のことを話しはじめた。

「今日はおかあさん仕事行かないから、シンジくんと遊んできてもいいよ」

靴を履くぼくの後ろからおかあさんの声がした。

「四時過ぎてもいいの？　帰ってこなくてもいいの？」

ふり返り何度も問い返すぼくに、おかあさんも同じ数だけうなずいて笑っていた。

おかあさんは夕方五時から夜の九時まで、近くの食堂で働いている。そのため、ぼくは学校が終わると急いで家に戻り、交替してキロウの面倒を見なければいけなかった。それは弟が二歳になる前からずっと続いていることで、ちょっと寄り道をしても、ほんの少し友だちと遊んでも、四時をタイムリミットに家へ飛んで帰る、それがもう身についてしまっているぼくの家のルールなのだ。遊んできてもいいと言われたのがうれしくて、ぼくはなぜおかあさんが今日は休みなのかとは考えもしなかった。

「いいよ。だけど五時までだよ」

ぼくは小躍りした。「いってきまぁす」と飛び出して、アパートの階段を駆け下りるぼくに、手すりの隙間から顔を覗かせたキロウが「にぃに！」と手をふっていた。

放課後は学校の隣にあるシンジくんの家でみんなとゲームをして遊んだ。はじめはいつもどおり時計ばかり気にしていたけれど、今日はいいんだと思ったら夢中になって、気づけば五時五分前になっていた。走っても五分の遅刻だ。間に合わないのはわかっていたけれど、ぼくはランドセルをカタカタゆすって、必死に走って帰ってきた。

アパートの前まで来ると、おかあさんが外の階段に腰を下ろしてぼくの帰りを待っていた。叱られる……そう思ったけれど、それよりもおかあさんがこんなところに一人でいて、キロウの姿が見えないのが気になった。

ごめんとも謝らず、ぼくはまず「キロちゃんは？」と聞いた。するとおかあさんは立ち上がり、黙って階段を上がったので、ぼくはハアハアと息を切らせながらついていった。

ドアを開けると静かで、なんとなく朝よりもこっそりと片付いているように思えた。

「キロちゃんは？」

おかあさんは返事をはぐらかし、シンジくんの家でなにをして遊んだの、誰が集まったのと、いつもは聞かないことばかりに話を振り向ける。ぼくはぼくで、答えてくれないおかあさんにイライラして少し声を荒らげた。

「ねえ、キロちゃんはどこ！」

そうしたらおかあさんはちょっと困ったような顔をして奥へ行き、こっちへ来て座れとぼくを呼び寄せた。

「カオル、キロちゃんは今日からおばあちゃんのところへ行った」

「おばあちゃんって誰？」

ぼくがおばあちゃんと呼べるような人はいない。

「ユウさんのおかあさんよ。キロちゃんにとってはおばあちゃんでしょ」

ユウさんというのはキロウのおとうさんだ。たまにやってきて、何回かに一回は遊んだり、ごはんを食べたりするけれど、たいていはユウさんが来たときは、ぼくがキロウを連れて外に出たり、おかあさんたちが外で話をしたりする。ぼくは知らないふりをしているけれど、本当はちゃんと知っている。ユウさんはおかあさんにお金を渡しに来るんだ。

「なんでキロちゃんはそんな人のところに行くの」

すると、言ってもわからないかもしれないけれどと断ったうえで、おかあさんはユウさんがうちにもう来られなくなったと告げた。それで、自分が外に出てもっと働かなければいけなくなったから、仕事を見つけてなんとか暮らしを立てるまで、しばらくキロウを預かってもらうことにしたのだと話した。

「あんたは小学生だからいいけど、キロちゃんはまだ三歳になったばかりだし……身動きとれないのよ」

「いつ、キロちゃん帰ってくるの」

おかあさんはぼくから目を逸らし、畳の縁を睨みながらしばらく黙っていたけれど、「ねえ！」とせっつくと、小さな声で「一年か……それくらい」と答えた。

「そんな！」

ぼくはほんの数日のことだと思っていたので、「二度と戻らない」と言われたほどにショックを受けた。

「そんなのいやだ、いやだ！」

ぼくはわめきながら、お腹を上にしてひっくり返った虫のようになってもがいた。

「赤ちゃんみたいなことしないで」

おかあさんが叱って立っていっても、ぼくの気持ちはどうにも治まらなかった。

――そんなこと一言も聞いてなかった。

ぼくはおかあさんと同じくらい弟の世話をしているのに、どうしてなにも言ってくれなかったのか。裏切られた怒りがむしゃくしゃと込み上げて、仰向けになって畳に背中をこすりつけて、ぼくは泣きまくった。かあっと体が熱くなって汗をかき、鼻にも喉にも塩辛い涙が流れ込んで、むせて咳が出た。腹を波打立せ、胸をひくつかせ、ぼくは体中で泣いていた。

しばらくして泣き疲れ、ぼうっと天井を眺めていた。浮腫《むく》んだ瞼《まぶた》に鼻水がはりついて、ぴりぴりと突っ張った。蛍光灯の紐の先に黄色いアヒルがぶらさがって、それを見るとまた弟の顔が浮かぶ。

――キロちゃん。

ぼくはがばっと起きあがると台所にいるおかあさんの背中に叫んだ。

「おかあさん、キロちゃんに電話してよ」

「ダメ」

「だって、ぼく、なにもキロちゃんに言えなかったもん」

「いいの。今は向こうにいなきゃいけないんだから、にぃにの声を聞いたらぐずってきかなくなる」

おかあさんはまな板に向かったまま、ふり返りもしないでそう言った。

「だけど、キロちゃんきっと泣いてるもん。かわいそうだよ」

そう言いながら、また胸からひいっと声が出て、目からはぽろぽろと涙がこぼれた。

「今はかわいそうでも……キロにとってもこれがいいのよ。一日も早く迎えにいくから」

おかあさんの声はぴしゃりとして、もうなにも受け付けてくれそうになかった。キロちゃん……どこにいるの、どうしているの？　ぼくは胸が二つに裂けてしまいそうになって、心の中でそう呼んだ。


放課後は長く遊んでいられたけれど、弟がいないからなんだと思うと、帰り道にはいつもしょんぼりした。おかあさんもキロウの世話がないからぼくの帰りを待たず食堂に行ってしまうので、ぼくは部屋に一人きりのことが多くなった。キロウはごはんをこぼすから世話が大変だったけれど、二人で食べるのは楽しかった。一人だとすぐに食べ終わったし、お風呂では水鉄砲の撃ち合いをする相手がいないから壁に向かって撃ったけれど、やっぱり少しも面白くなかった。

いちばん辛いのは夜だ。布団の中に入ると弟は心細くないだろうか、「にぃに、にぃに」と泣いていないだろうかとばかり考えて、ぼくはたまらなくなってぎゅっと枕を抱いた。

朝になると、不思議といつも弟が戻っているような気がするのだけれど、目覚めた部屋に弟の声も匂いもないことにあらためて気づく。何度もこの繰り返しだった。

夏休みになったら、ぼくはどこへも遊びにいかないでちゃんと面倒を見るから、おかあさんに頼んでキロウを連れ帰ってもらおう。絶対そうしよう。ぼくはいつのころからか、心にそう決めて夏休みが来るのをまだかまだかと待っていた。

おかあさんは相変わらず夕方からの仕事を続けながら、昼間はパートじゃない仕事を探しに毎日出かけていた。日曜日には少しだけいっしょにいられる時間があり、そんなときはキロウが今どうしているのかたずねてみたかったけれど、おかあさんからそれを話題にすることは一度もなく、わざと避けているように思えたからなかなか切り出せなかった。ただ、台所に立ちながらぼうっとしている姿を何度か見た。

キロウがいなくなって一ヶ月が過ぎたころ、おかあさんは食堂のおばさんからお客さんがやっているという設計事務所を紹介してもらった。事務員さんが赤ちゃんを産むのでその間だけでもどうか、という話だったけれど、仕事ぶりがよければそのまま雇ってもらえるようにするからと言われ、数日前から見習いに通いはじめた。

そんなことはぼくに詳しく教えてくれるのに、キロウのことはちっとも話してくれない。ぼくは、おかあさんの仕事が見つかっても見つからなくても、心に決めた夏休みのことをそろそろ勇気を出して伝えなければと思っていた。

梅雨の蒸し暑いある日、学校から帰ると食卓の上におかあさんの手紙が置いてあった。

『用事ができました。帰りはおそくなると思うので、「なのか」で食べて先にねなさいね』

「なのか食堂」というのはおかあさんが前から勤めているお店だ。新しい仕事が忙しくてごはんが作れないときはよくそこへ行く。小学生のぼくが一人でかわいそうだと、お店の人はここの家の子のように奥の厨房で食べさせてくれるのだ。

「今日も一人か。大変だなあ」

お客さんが多いからそれ以上は話さないけれど、「まかない」という店の人用のごはんに、特別だよとプリンもくれた。家に戻り、いつもの時間より遅くまでおかあさんの帰りを待っていたけれど、いつまで経っても帰らないから諦めて布団に入った。

少しの間眠っていたと思う。そのうち、ぼくは鍵がガチャガチャする音で目覚めた。ドアを開け、そうっと静かにおかあさんが帰ってきた。水を出す音もひかえめに手を洗っているところへ起きていって「おかえり」と声をかけた。

「ああ、起こしちゃったね。ごめんね」

「どこへ行ってたの」

「うん……。もう遅いから明日ね」

そうにちがいないけれど、仕事なら仕事と言えばいいはずだ。これまでも「明日ね」と言われて次の日に話してもらったことはない。

——またなにか隠そうとしている。

それに、おかあさんがいつもとはちがう黒い服を着ているのが気になって、ぼくは聞かずにはいられなかった。

「なにかあったの？　キロちゃんのこと？」

理由はわからないけれど、キロウに関わることではないかという胸騒ぎがあった。

するとおかあさんの顔がその瞬間ひくっと固まった。

「カオル……」

声はちっとも怒っていないのに、おかあさんの顔は狐のお面のように白くて怖かった。おかあさんは床に座り込み、ポケットから白いハンカチ包みを取り出した。開くと風邪薬のラベルがついた小瓶が入っていて、ハンカチを床に広げてその中身をこぼすと、出てきたのは小さな砂糖菓子かラムネの欠片《かけら》のような白いものが三つだけだった。ぼくも床にしゃがみ込んだ。

「それ、なあに」

おかあさんはハンカチの上に散らばったそれを、壊さないように一つずつ指先で摘んで並べ直した。

「キロちゃんだよ。これが頭、こっちが胸、これが足。こんな骨になっちゃったのよ」

ぼくはわけがわからず、ちょっと笑った。骨と聞いてもなにがなんだかピンとこなかったし、それに、ままごとをしているようにおかあさんの声がやさしくて、くすぐったいくらいだったから。

しかしそれも一瞬で、おかあさんが酸っぱいものでも食べたときのように目を固く閉じると、喉の奥でくうくうと声がもれて、たちまち表情は見たこともないほど崩れていった。ぼくは自分でも知らず、ひいっと声をあげていた。

「ちがうよ。こんなのちがう。キロちゃん、こんなんじゃない！　こんなのキロちゃんじゃないもん」

「カオル、ごめんね。おかあさんが手放したばっかりに……ごめん、ごめんね。キロちゃん、死んじゃったんだよぉ……」

泣いているおかあさんと抱き合って、そんなの嘘だ嘘だ、いじわる言わないでよと叫んでぼくも泣いた。

けれどそのあと、おかあさんはとんでもないことをした。這いつくばうようにして骨の欠片を摘み上げ、泣きながら一つひとつを口に入れたのだ。

「ごめんね、キロ。もうどこにもやらないからね。もう、おかあさん、ずっとキロちゃんといるからね」

ぼくは「やめて」と叫んだと思う。けれどおかあさんは立ち上がり、蛇口をひねって、そして……キロちゃんの骨を水で呑み込んでしまった。ぼくは、わぁーっと耳を押さえ布団の中に逃げ込んだ。怖かった。弟の身に起きたことを考えるよりも、ただその光景に怯《おび》えていた。

その夜、おかあさんはお風呂の中でずっと泣いていた。弟が死んだなんてまだ嘘にしか思えなかったけれど、あの声を聞いていると胸をきゅうっとつかまれたように苦しくて、涙が、窓ガラスをすべっていく雨粒のように流れた。


「あんた、すごい経験したのね、子どもなのに」

イオの声に、二年前のあの日から目覚めるように少年は戻ってきた。

「だけど、結局弟はどうやって死んだんだよ」

聞いていた男は肝心なところがわからないと首をひねった。

「道から落ちて死んだって、聞いてる」

「道からって、たったそれだけか」

うん、とうなずく少年に、男は腕を組んで唸《うな》った。

「ふうん、ますますわからねえ話だなあ。で、なにを頼みに来たんだっけ。弟を探す？　死んだのがわかってて、なにをしろっていうのさ」

「弟がいたそこを見たい。どんなところだったか知りたい」

少年は即座に答えた。

「だってよ、そこへ行ったところで、弟がいるわけじゃないぜ。かあちゃんが骨拾ってきたんだし。あのな、おまえとかあちゃんがいるところに、ちゃんと弟は戻ってきたんだよ、な」

「だけど……」

少年は眉を寄せて唇を噛んだ。

「あたし、この子の気持ちわかる」

顔を上げたイオは懇願するような目を男に向けた。

「だって、こんなの無茶苦茶だよ。死んだって言われてもさ、面倒見てた弟が突然掠《さら》われたみたいにいなくなってそのままなんだよ。見失ったままでどう納得しろっていうのよ」

子どもにだって心はあるし、知る権利があるんだ、というイオの代弁に、少年は目を見開いたまま二度も三度もうなずいた。

「ほう、見失ってる、か。うまいこと言うな。だったらな、かあちゃんに、このねえちゃんが言ったみたいに話して、一度そこへ連れていってもらえよ」

少年は男を見上げ、ぶるぶると首をふった。

「そんなの無理。だって、おかあさんに言えないから……」

——だからこんなところへ来たんじゃないか、バーカ。

イオは心の中で少年が口ごもったことを補足して批難の目を向けた。

「じゃあ、いったいどうしろっていうんだ」

男に促されて少年は恐る恐る切り出した。

「あの……念力って人が選んだカードの柄を言い当てたりするんでしょ。だったら、弟がどこにいたのかもわかったりするんじゃ……」

「はああ？」

男のあげた素っ頓狂な声がホールまで響いた。

「あのなあ、テレビとかでやってるあれは、トリックだぜ。そりゃあ、柄の種類が四つなら、四分の一の確率で当てずっぽうでも当たるってもんだよ。だけど、弟はどこにいったんでしょうかってか！　そんなのわかるわけねえだろ」

完全にお手上げな男に代わって、今度はイオが問いかけた。

「おばあちゃんの住んでるところって、どこかわからないの」

少年は「うん」とうなだれて、今にも泣き出しそうに下唇を突きだした。ユウさんのおかあさんどころかユウさんともあまり話したことがないのだと困り果てながら、それでも記憶を探ってサカシタとか、シロイシという地名らしきものを口にした。

「坂下。白石。白井市？　何県とか、どの辺りとか、それもわかんないの？　方角とか」

矢継ぎ早に質問を浴びせるイオに少年は「たぶん西の方」とだけ答えた。

「それなら、白石市や白井市は消えるね。坂下かぁ、どこにでもありそうな地名だね」

「へえ、おまえ、やけに詳しいな」

少女の知識に舌を巻いた男だが、「そんなのどうってことないじゃん」と煩わしそうにあしらわれると、

「ふつうか……それも」

と、まだなにか言いたげな顔で独りごちた。

「海とか山とか、なんか聞いてないの」

「海じゃない。なんとか郡」

「郡部か。それじゃもう少し手がかりがないとわかんないね。そのユウさんとかって

人に聞けないの」

イオが思いつくと、男も「おお、それ」と手を打った。しかし少年はますます困った顔をする。

居所を知らないばかりか、ユウさんと呼んでいるだけで本当の名前も定かではないと、だんだん声も消え入っていく。

「よおく思い出してごらんよ、どんなことでも。たとえばさ、いつもどうやって来てたの。車？」

「ううん、自転車。あ！　一度バス乗り場で見た」

少年は急に閃いて、桜山公園へ遠足に行ったとき、途中のバス停で作業着の人が何人か降りてきて、その中にユウさんがいたのを思い出した。

「まちがいないの？　声でもかけられた？」

「ううん、目が合って、顔をこうやって隠したからまちがいない」

少年は帽子の鍔《つば》を下げて目深にかぶり直すような仕草をしてみせた。

「はあん、そいつは信憑性があるな」

にやりとした男が取材をする新聞記者のように紙とペンを手にしたとき、表が開いて「オッシオさぁん」と人が呼んだ。

「はいはい」と、このときばかりは男は自分から立っていき、土間にいる人とことばを交わした。

「これさ、夏休みの五か九市の催しポスター。目立つように貼ってくれない？　それとさ、ベニヤ板であっちとこっちに立て看板ほしいんだよね。こういうのはさ、オッシオさん器用だからさ、頼むよぉ」

わははと笑い声をたてる。雑用を頼みにきた相手は、アイデアがいいとか、することが早いとか、歯の浮くほどおだてて帰っていった。

「なんでも俺んとこへ持ってくるんだからさあ」

うまく乗せられた男はまんざらでもない顔で戻ってきた。

「和尚さんなの。あそこのお寺の」

「いや。俺は押尾」

「ああ、オシオさんでオショさんか。だよね」

和尚なんかであるはずがない。そんな徳らしきものはどこからも滲《にじ》み出ていないし、つまりは不良っぽく粋がっているだけのオヤジだとイオは見定めていた。

「すごく小さな手がかりだけど、行ってみるしかないね。桜山のバス停へ」

一歩は進んだが、少年はまだ心細そうに首をひねり、遠足は桜山でも、その途中のどのバス停だったかは見てみないとわからないし、ふだん行かないところだから道順すらよく知らないと不安を口にした。

「うん。あたしがいっしょに探してやるよ」

「おいおい、首突っ込んだってわからねえものはどうしようもないぜ。バス停で見かけたってだけの話じゃなあ」

朝から晩まで張り込んだところでまるっきり見当ちがいかもしれないし、たまたまその日にいただけなのかもしれないと、男は先走る少女を引き止めた。

「なんでそんなに否定的なのよ。オショさんはそこにいない前提でものを考えてるけど、平日の昼間、作業服、ということは仕事でしょ。またそこに来る可能性はかなり高いよ。あたし、やる。だって面白そうじゃん、探偵みたいで」

いつの間にか「オショさん」と呼ばれた男は、「暇なやつには付き合えねえや」と呆れかえった。

それからというもの、五角商店街のこの事務所はイオとカオルの集合場所となった。カオルの学校が終わるころを見計らってイオが来て、雨でなければ二人でそれぞれの自転車に乗って桜山方面へ巡回に行く。変速ギア付きのイオの自転車の後ろを、中途半端な子ども用で、腰を浮かせてカオルが必死についていくという日が何日か続いた。

イオがどのくらい真剣にユウさん探しを手伝っているかはわからないが、学校に行っていない娘はひょんなことから弟か子分のように従える少年を得て、少年の方はおとなほど離れていない、ほどよい年頃の保護者を見つけたというふうで、成果がなくともこの探索は二人にはそれなりの意味があるのかな、と管理人は渋々見守っていた。

「おまえさ、カオルのことで一生懸命になるのもいいけど、そんなんでいいのか」

今日も昼過ぎからやってきて、ソファの上に胡座《あぐら》をかいてパソコンをいじっているイオを見ていると、オショさんはついそんな声もかけたくなる。これから追々使いこなしていこうと事務所に入れたパソコンだったが、この娘がちょいといじってすぐにホール利用の年間スケジュールを作ってしまった。独学で覚えたというが滅法詳しくてこんなことは朝飯前にやってしまう。

そして、頼みもしないのに掃除をする。整理整頓がやたらにうまく、空き箱を工夫して分別収納していくと、なにも捨てていないのに事務所のスペースがどんどん広がった。

学校には行かないようだけれど、気の向いたことなら夢中になってする。戦場へ行くような勇ましい服装と、シャープな角度のショートボブという髪型は奇抜だが、不良仲間がいるわけでもないし、そもそも人と連まない。それに、あの迷いもなく真っ直ぐに向けてくる目。潔いやつだとオショさんは思う。

イオはまるで野良猫が居着いたようにふらっと来て、ホールでヨガ教室をやっていようがフラダンスを踊っていようが興味がなければ知らん顔だし、「あの娘は誰？」という好奇の目を向けられても平然としているのだ。

「親とか、そのうちここへ乗り込んだりしないか」

イオもまたオショさんのこういうところが気に入っていた。おとなが自分と接するとき、同じように「このままでいいのか」とよく口にするが、それは自分が彼らが真っ当と思う基準から外れていて、だから修正してやろう、説教してやろうというときの決まり文句だ。

——なんであんたらと同じじゃなきゃいけないのよ。

イオは物心ついたときから、傾いた額縁の絵を見せられるようなこの不快感にずっと悩まされてきた。けれどオショさんはちがう。この人はこっちのことを変えようなんて毛の先ほども思っていない。同じことばを吐くけれど、「おまえのため」などと嘘はつかず、いつも「俺の立場はどうなる」と正直に情けない本音をさらけ出すのだ。だからイオも言ってやる。

「親のことなら心配いらないよ。あたしのすることには関心ないから」

小学校の低学年のころは、さすがに母親も授業をたびたび妨害するイオのことを気に病んでいた。学校に呼び出されては、担任の前で娘に代わって平謝りを繰り返していたが、そのうち高学歴の母は自分よりも偏差値の低い大学出の若い女の教諭に子育て云々《うんぬん》まで指摘されることに我慢ならなくなった。

姉娘は優等生の鑑《かがみ》で、勉強は学年で常に一番、自由研究や作文コンクールでは毎年表彰されているし、放課後の体操クラブでもエース級の選手だった。次女の出来が多少どうであろうとも、この成功例がある限り母は親の自信を損なわれはしなかったのだ。

――この子はちょっとユニークですのよ。

母親は担任の苦情をそうやって涼しくかわし、イオに対しては「法と倫理には背くな」と釘を刺して、以後は無関心と紙一重の寛容さで手に負えない娘を解き放ったというわけだ。

「そんなのいじくってるとこ見てると、勉強が苦手ってふうには見えねえけどなあ」

パソコンのキーボードを叩くイオを眺めながら、オショさんは「勿体ねぇなあ」とため息をついた。

「興味があることだけ没頭できるの」

「まあ、それで生きていけるんなら、俺もこんなことやっちゃいねえんだけどな」

オショさんは自嘲しながらポスターにまちがって刷られてしまった数字の7を一枚ずつマジックで9に修正していた。先方のミスなのに、日当にもならない額を割り引いてもらったからってなんで俺がこんな作業をしなきゃいけないのか、などとぶつぶつ言っている。

彼の座っている背後に横書きでプライベートと書かれたドアがあり、そこにこの人は寝泊まりしているらしい。事務所の乱雑ぶりから見て中を覗く気にはならないけれど、奥に部屋が一つとユニットバスがあるようだ。ホールの管理や清掃なんて定年後の老人がやっていそうな仕事だ。いくら商店街の総代らがうまいこと持ち上げているにせよ、まだ働くのに十分な年齢のこの人が小遣い程度の賃金でよくも便利に使われているものだと思う。だから、こんな生き方も楽でいいと自ら選んでやっているように映っていたけれど、そうでもないのか。イオはオショさんの独り言を聞かないふりして、そんなことを思いめぐらせていた。

「イオさん、いるー？」

そこへカオルが息を切らせて飛びこんできた。

「イオさんじゃない！　あたしはイオ」

大魔王はさん付けで呼ぶと間抜けに聞こえる、それと同じでイオもイオなんだ、と毎度彼女にしかわからない理屈をこねるが、そう叱られても年下が生意気に呼び捨てにするのは抵抗があり、カオルはいつもさん付けで呼ぶ。

「まあ、どうでもいいじゃないか」といつものようにオショさんが割って入ってその場は収まった。

「引き出しの中にこの封筒が何枚かあるのを見つけたから、こっそり一枚取ってきた。おかあさんがユウさんから受け取ってたの、この封筒だったんだ」

白地の左側に一本鮮やかなスカイブルーのラインがある。子どものカオルが直に手にすることがなくても、一度でも目にすれば覚えてしまうくらいの特徴がある。ラインの中に「未来へ前進」と斜文字があり、下に「ＡＣＢオートシステムズ」という社名が記されていた。

「おお、これは桜山のちょい向こうの工業団地の中にある会社だろうなあ。路線は同じだろうから、うん、カオルが見たっていうのは桜山の手前じゃなくって向こうだったんじゃねえのか」

「そうか！　でかした、カオル。じゃあ、そっちへ行こう！」

今日こそ進展がありそうだと、意気込んで出かけていくイオとカオルをオショさんは「慌てんなよ」と見送った。

桜山の丘陵を越えた先の平地は、かつては一面の農地だったが、十数年ほど前に大手の自動車メーカーが買収し大規模な新工場を設立すると、周辺にはどんどん下請けや部品工場が建ち並び、今ではすっかり工業団地へと変貌を遂げていた。

「バス停で待つより、ここにいる方が確実かもね」

封筒に記された会社の所在は、イオがパソコンで調べてすぐに突き止めたが、さすがに正門の前で待ちかまえるのはユウさんというその男にしても同僚たちの手前まずいだろう。少女ながらそう考えたイオの提案で二人は正門からバス停へと続く道筋の、コンクリート塀の前で待つことにした。

「ユウさんって、あんたにとってどういう人？　おとうさんじゃないし、そういうのってどんな感じなの」

イオにはいわゆる偏見はないが、ただ単純な好奇心からどうしてもそれをたずねてみたかった。するとカオルは宙に答えを探して首をひねった。

「うーん、キロちゃんのおとうさん。だけど、あんまりそういう気もしないの。おかあさんが、ユウさんはぼくらのおとうさんになってくれる人じゃないんだって言ってた」

「ふうん、そうなんだ」

ユウさん側に結婚できない事情があるのか、それとも父親には不適性と早くも見限られた男なのか、いずれにしてもそれ以上のことを敢えて聞くこともなく、イオは質問を変えた。

「死んだおとうさんのこと覚えてるの」

うん、と答えるものの、「やっぱ写真だけかな」と、カオルはまた首をひねった。

「覚えてるような気がするだけ。なんか、かわいそうでしょ」

「やだ、そういうのって自分で言う？」

イオは批難するような視線を投げかけた。同情されるのが真っ平なイオにとっては、自分から同情を乞うようなことを言うやつの気が知れないのだ。

「ちがうよ、ぼくじゃなくって、おとうさんがっ」

「え？　おとうさんの方？」

奇妙なことを言うと思ったが、なぜだかチリンと鈴の音を聞いたように、イオはその反応に心打たれた。

「だって、写真のおとうさんはぼくを膝に乗せてやさしそうに笑ってるんだよ。それなのに、ぼくはちっとも覚えてなくて、会いたいようって泣くこともないんだ。おとうさん、寂しくないかなあ」

垂れた眉毛、困ったように口を尖らせるカオルの表情は十一歳よりももっと幼く感じられる。

この子が弟の足跡を辿りたいのは、隠され、説明されなかった部分を確かめたいからだとイオは考えていた。少なくとも自分ならば断固それを求める。だからカオルもきっとそうなのだと共感していたけれど、この少年が弟を忘れないでいるのにはもっと別の気持ちがあるのじゃないか。尖った不満とは異質の、やさしいなにか。いっしょに過ごした日々のたわいもない笑いや、じゃれあった温もり、この子が大事にして手放さないのはそれなんだ。

「そんなふうに思ってくれる人がいたら、うれしいだろうね」

「死んだ人もうれしいの？」

そう問い返されると、イオは少し戸惑った。そうだと言ってやりたいけれど、死んだ人がものを思うのかどうか、それはイオにもわからないことだ。けれど、今ここに漂っているカオルのやさしい気持ちが、埃っぽいはずのこの場所の空気を一瞬清浄にしたのはたしかな気がした。

「あんたといて、あたしはちょっとだけ滝の前にいるみたいにすっとなったよ。それっていいことだよ、きっと」

二人は空を見上げてそれぞれ余韻にひたっていた。暮れることを知らないような夏至の太陽はまだ空に高く、どこかで、〝チー　キュルギュル　ジー〟とツバメがさえずった。工場はまだ終わらないし、話すことも途切れてしまったし、そんな間があいたとき、気がかりなあの噂がカオルの心にマッチを擦ったように点《とも》った。

「ねえ、イオさん。オショさんのことなにか知ってる？」

まわりに聞く人もいないのに、カオルはちょっと声をひそめた。

「なにかって？」

「怖い人だって聞いたんだけど、ほんとかな」

「あの人が？」

まじめなイメージからは遠いけれど、怖いなんて一度も思ったことはないとイオは笑った。逆になぜ怖い人なのか、誰がそんなことを言っているのかとたずねられてカオルは返事に困った。

「噂だよ。けど、シンジくんが、あの人、刑務所に入ってたんだろって。そうなの？」

「えー、知らないよ。なにやったの」

「ぼくも知らない……」

カオルはしまったと口を閉じてうつむいた。本当かどうなのかを知りたかっただけなのに、そのせいでオショさんばかりかシンジくんまでも巻き込んでしまった気がする。黙っていると、

「シンジくんはなんだって？」とイオがさらにつついてきた。

「シンジくんだってなにも知らないんだ。人が言うのを聞いただけ。もういいよ、ほんとじゃないんだ、たぶん」

自分から切り出しておきながらカオルは耳をふさぐように話を切り上げてしまった。

――やだ、好奇心の生煮えじゃんか。

白状させようと絡んでみたけれど、カオルは泣きそうな顔をするし、つついて余計なことを知るくらいなら、まあいいかとイオは引き下がった。

根も葉もない噂とはよく言うけれど、噂の半分くらいはたいてい事実が混じっているのだとイオは思う。けれど、残りの半分は全容を知らない人によって憶測で語られ、伝えられ、そしてその部分がやがて事実までもを侵蝕していくのだろう。

「ちっちゃいときにさ、近所のパン屋のおじいさんが死んで、あたしたち子どもの間

で、あそこのカツサンドにはおじいさんの肉が使われてるって噂が広がったよ」

面食らったカオルの顔をイオは笑った。

「嘘も嘘、まっ赤な作り話だよ」

けれど、それ以来あそこのカツサンドを食べなくなった。子どもが想像した稚拙な噂に悪意がなかったとしても、あの店の人すら知らないところでどれだけかの実害は出たのじゃないか。噂と聞くとイオは今でも後ろめたくこのことを思い出す。

「そうね……。あたしは授業妨害の問題児って言われたし、あんたもきっと母子家庭の子って陰口叩かれてるよ。ま、一部当たってるけど全然すべてじゃない、それが噂ってもんでしょ。あのおっさんだもん、どうせ大したことやってないよ。けど、ムショ帰りのオショさんって、ちょっと笑える」

シンジくんから聞かされたときは青くなった。自分がとんでもない人と関わってしまったように胸が重かったけれど、イオのことばを聞けば噂なんて実際そのとおりかと思えた。「ムショ帰りのオショさんかあ」といっしょになって笑うと、もうカオルの心は軽く晴れていった。

　そんなとき、近くでウーとでかいサイレンが鳴って、二人は飛び上がった。これが工場の終業の合図。もうしばらく待てば、あの正門からたくさんの人が出てきて、この道を通って帰るはずだ。

「ユウさんの顔はあんたしか知らないんだから、出てくる人をしっかり見てるんだよ」

　イオはカオルの肩に手を置いて構えた。すると早々と、脱いだ作業着を腕にかけた女性が一人出てきたが、途中から空き地の駐車場へ曲がっていった。

「マイカーもいるんだ」

「でもユウさんは……」

　そうじゃない、と話す間もなく、続いてもう二人、その後ろから三人、パラパラと人が帰っていく。イオは時計を見た。

「今日も六時半？」

　設計事務所に勤めるカオルの母親が帰宅する時刻までには戻らなければいけない。今日は桜山を越えてきたから、どれだけ自転車をすっ飛ばしても三十分はかかるだろう。ここにいられる間にユウさんが通ってくれるかどうか、イオは気をもんでいた。

「うわぁ、みんなユウさんに見えてくる」

どの人も同じ作業着だから見分けるのも簡単じゃない。カオルが情けない声をあげたとき、従業員を乗せたマイクロバスが正門を出て、二人の前を通り過ぎていった。

「ああー、送迎……そうか、この手もあったんだあ」

「どうしよう、イオさん。追いかけようか」

「そんなの、見失うよ」

バスの速度に自転車がかなうはずもない。今日のところは乗っていない方に賭けて、もう少しここで待ってみようと言うイオにカオルは従った。

「それにしたってあと二十分もいられないからね」

「来るかなあ、ユウさん……」

昨日までは、イオと二人でこの辺りを当てずっぽうに駆け回っていたけれど、今日こそ見つかるかもしれないと思うとカオルの気持ちは逆に尻込みしはじめた。

自分はユウさんの子ではないし、子どもの目から見てもおかあさんとその人がいい別れ方をしたとも思えなかった。何度かいっしょにごはんは食べたけれど、そのころでもちょっと素っ気なかったユウさんが、今の自分に親切に接してくれることは望めないのじゃないか。カオルの心は後ろ向きなことばかりを数え上げていた。

「ねえ、イオさん。ぼく、ユウさんに会ってもうまく話せないと思う」

「ここまで来てなに言ってんの」

これしか方法がないのだからくよくよしないで突撃するのみだと励まされても、カオルの気持ちは沈む一方だ。

「だって……。あまりしゃべったことないし、どんな人か知らないんだもん。怒るよ、きっと」

ユウさんはキロウがいなくなってから二年間、一度もうちを訪ねてきたことはない。おかあさんが口を閉ざすように、ユウさんにとってもあれが思い出したくない出来事なら、きっとあの人は怒る。ああそうだ、怒るにちがいない。カオルはもうこのまま諦めて、逃げ帰りたかった。

「イオさん、ぼく……」

助けを求めて振り向くと、「ちゃんと見てろって」と肩をつかんで戻される。カオルは身を屈めて振り切り、イオに向き合った。

「やっぱり今日はやめとくよ。だって……無理」

「無理ってあんた、今がダメならいつやるのよ」

イオは語気を強めたけれど、言えば言うほどカオルは下を向くばかりだった。

「もう、なにやってんのよ」

前を向かせようとするイオに、カオルはいやいやと頭をふり、「無理」とばかり繰り返した。

「あたしに無理なんて言うなっ！」

イオは気持ちを吐き捨てた。母親に聞けないというから、一人では探せないというからいっしょにやってきたんじゃないか。牽引するほど前のめりにさせておきながら、この土壇場になって引いていた綱を後ろであっさり手放されては、これくらいのことを言ってやらなければ腹の虫が治まらなかった。先に自転車にまたがるイオに、カオルは立ちすくんだまま恨めしそうな目を向けた。

険悪な自分たちをじろじろと見遣りながら作業員が二人通り過ぎていく。どう見たってこの状況は年の大きい方が気弱な小学生を脅しているような図だ。カオルはそれぞれに「大丈夫です」と目くばせしてバツ悪くやり過ごした。そしてそのあと、作業ズボンの尻のポケットにタオルを突っ込んだ三人目と目が合った。

「あ！　ユ、ユウさん……」

馴れ馴れしく呼びかけられた男の目が「誰？」と驚いていた。

「あの……カオルです、ぼく」

ああ、と意外なほど無表情に応じた顔は、「なに？」と迷惑そうに聞く。四の五の考えず、カオルはもう言うしかなかった。

「あの、キロちゃんのことなんだけど……どこへ連れていかれて、どうやって死んじゃったの」

単刀直入に質問を浴びせると、ユウさんは蜂に刺されたように顔をしかめた。

「なんなの？　なにが言いたいわけ」

——やっぱりユウさんは怒った。

たじろいで返事もできずにいると、ユウさんがさらにたたみかけてきた。

「もう二年も前のことなのに、今さらどうしろっていうのさ。子どもを寄越して……これっていづみの差し金か」

「ちがう！　おかあさんは関係ない」

カオルは咄嗟に言い返した。おかあさんがちっとも教えてくれないから仕方なく訪ねてきたのだと伝えると、ユウさんは少し落ち着いて、今度は自転車を降りてきたイオに「あんた誰」と訝しげに目を向けた。威勢がよかったイオも機嫌の悪い相手に少々びくついているようで、固い表情のまま友だちだと名乗った。

「あの……この子、なんにもわからないまま弟を失って、つまりその、整理がつかないでいるんです。でも、子どもにだって知る権利くらいあると思うんです。おとなの都合、いや、それはどうでも、弟がどこでどうなったのか、それだけでも教えてやってくれませんか」

お願いしますとイオが頭を下げる横で、カオルも膝小僧をつかむほどに体を折った。

「ちょっと、そんなのやめてくれよ、人目につくから困るよ」

ユウさんは後ろをキョロキョロし、タオルで顔をぬぐった。

「事故だった。それをまだ疑ってるっていうなら……」

イオは全部を言わさないうちに、

「そんなんじゃありません」と遮り、一気に伝えた。

「ただこの子が、弟がいたところへ行きたがってるんです」

「行くぅ？」

ユウさんは裏返った声をあげ、目を剝いた。

「そんなの無駄だよ。キロウは死んだんだし、ちゃんといづみが確認してる。隠したりなんかするもんか。こっちだって……別にそうしたくって預かったわけじゃないし」

ユウさんはさすがにちょっときまりが悪くなったのか、ぷいと目を逸らし顎を突き上げた。

「別れることになって、あいつがカッとして、金なんかびた一文いらないから、仕事見つけるまでの間キロウを引き取れってわめいたんだ。俺だってそんなの引き取れやしないし、里子に出せば取り返せないからっていうんで、それで仕方なしにお袋に預けたってことさ」

おばあちゃんのところ、とはカオルが聞いたとおりだ。

「俺だってさ、あのときはそれが一番いい方法だと思ったんだよ。だって、そうだろ？　身内なら安心って思うじゃないか。だけど、山村で、しかも俺が子どものときよりずっと寂れてて……。俺もまさかと思ったよ。キロウみたいなちっちゃい子には危険だって言われても、そんなのわかるかよ。俺だってあそこで育ったんだ！」

ユウさんはむきになって弁解したけれど、それを聞いている時間もない。イオは時計にちらりと目をやって切り出した。

「その山村ってどこなんですか」

「どこって、もうない。キロウの事故があって、そんときお袋が腰を痛めたから、それで姉貴のところに引き取られて、今は廃村になった」

「ハイソン？　あぁ……。って、おばあちゃんだけが住んでたんですか」

「うちと、あともう二軒、たしかあんとき残ってたはず」

——三軒！　げっ、すっげぇ田舎。

祖母の家と聞いて安心かと思ったけれど、そんな寂れた村と知れば、捨てたと言われても仕方ないほど無責任に感じる。カオルの母親はそんな事情を知ったうえで承知したのだろうか。

「そこの地名は？　サカシタとかシロイシとかってこの子は言うんですけど」

「坂下は麓。そこから山道を行くと白石村ってところがあって、俺の村はその上。六葛って村。言っとくけど、あんな村、もう入れやしないから」

「ロクツヅラ、六？」

「ああ、六つの葛籠《つづらかご》。落人《おちゅうど》が都から葛籠を六つ持って逃げ延びたって。詳しい謂《いわ》れは俺も知らない」

ユウさんは「もういいだろ」と少しイライラしてきた。時計はもう六時を回ってしまった。自分たちだって全速力で自転車を漕いで帰らないと間に合わない時刻だ。自転車にまたがって先にイオが走り出したとき、「おい、カオル」とユウさんが呼び止めた。

「かあちゃん、元気か」

うん、とうなずくと、「そうか」とちょっと寂しいような顔をした。それからポケットに手を突っ込んで小銭をつかみ取ると、手の中から三百円取ってあとはまたポケットの中に戻した。

「これでジュースでも買えよ。キロウのことをかわいがってくれて、ありがとな。だけど、もう忘れろ。あんな村まで行くんじゃねぇぞ」

もらった三百円を握ったまま、後ろもふり返らずカオルは走った。なにを考えるよりも家路を急ぐことが今は先決だ。桜山まで必死に漕いで、二人は坂道を一気にすべり下りた。前を走るイオが「ひゅーっ」と叫んで親指を高く突き立てた。

「行くんじゃねぇぞって言われても、行くっきゃないよ、なあ、カオル！」

イオが歌うように叫んだ声がカオルの耳にも届く。ユウさんを見つけて話しかけた胸のドキドキも、終わってしまえば風の中に吹っ飛んでいくようだ。カオルもいっしょになって心の中で「ひゅーっ」と叫んだ。

2

「あなた、誰を訪ねていらしたの」

デイルームと呼ばれる談話室で、円形テーブルに向き合って座る俺を相手に、母はいつもそうやって聞く。この施設に入所している誰かを見舞いにきたものの、あいにくここで待たされている男、この人の目に今の俺はそんなふうに映っているらしい。訪ねた部屋の人が戻るまで、親切にもしばらく相手をしてやろうと思っているのだ。他人と接するときの母は、いつもこんなにも穏やかで、ことば遣いや声の抑揚まで落ち着いている。

――おかあさん、ぼくじゃないですか。あなたの息子ですよ。

それをわからせようとすると、母は混乱し、猜疑心と怯えと敵意に満ちた瞳を向ける。はじめはそんな母に腹が立ち、なんとしても理解させようと試みていた。すると、あらん限りの力で抗《あらが》い、殺されそうなほどの悲鳴をあげる。抵抗が激しければこちらの顔まで険しくなってしまうから母はいっそう狂乱した。そんなことを繰り返したあげく、手に負えなくなってここの施設に入れたけれど、正すことを諦めてこの思い込みに付き合っていると、母は落ち着き、見ちがえるように加減がよくなった。

「ここにね、あなたみたいなやさしい人なかなか来やしないわよ」

そうなんですか、と笑う俺に母は顔を少しこちらへ突き出し、聞かれちゃまずいことのように声をひそめた。

「だって、ここの人ってみんな惚けちゃってて、人の言うこととまともに聞けやしないんだもの」

他人事《ひとごと》のように笑う母を見て、あなたはちがうんですかと俺は可笑《おか》しくなった。

若草色のカーディガンと光沢のある白いパジャマがここの入所者にしてはいかにも若々しい。五十になるころから母の記憶は崩壊をはじめた。若年性の認知症が疑われて脳ドックも受けたけれど、明らかな脳の萎縮も損傷も見受けられず、おそらくはなんらかの心的なものが強い要因になっているのだろうと一応の診断が下った。要するに、心の病がもたらす記憶障害ということだろうか。

惚けちゃって、と母は言ったけれど、俺はここに通って老人たちの姿を眺めるうち、そのときどきの人の感情は生きている限り存在しているのじゃないかと思うようになった。

彼らは笑いもすれば怒りもする。ただ、それが過去のなにかに結びついて不意に生じたとき、その元となる記憶……肝心のその記憶は手の中からさらさらと砂のようにこぼれ落ちていき、感情がどこにも辿り着けないまま消えていくのじゃないか。混乱か、戸惑いか、それとも諦めだろうか、はじめに閃いたものを「なんだったか」と見失ったまま黙ってしまう老人を俺はここで幾度も目にしている。

母もいずれは彼らと同じように記憶のたゆたうゆるやかな海に入っていくのだろうけれど、記憶のなくし方はちょっと他の人たちとはちがっている。痛い痛いと庇《かば》って目を背けた記憶は、母の頭の組織の中で長い時間をかけて少しずつ作り替えられてなめらかになったのだろう。ただ、現実には俺はここにいて、生き証人のように消し去ろうとした事実を守っているというわけだ。

——おかあさん、すみません。歪《ゆが》みを正してあげることが、ぼくの務めだと思っていたんです。

故意に曲げたものだということを、俺は母がこんなに壊れてしまうまで気づかなかった。気づいてしまえば、浸みとおるほどにその苦しみを理解できたのに。

「あなた、ごきょうだいはいるの」

母はいつもそれを聞く。

「ええ、妹が一人」

「まあ、そう」と答えて、それがなにを意味するのか、いつもここで一呼吸置く。次

が続く日もあれば、がらりと話題を変える日もあるが、会話の舵取りはいつもこの人

任せだ。

「わたしは男の子と女の子がいますの。女の子っていうのは、母親からすると同性で

しょ。小さいときからでも、考えていることの裏が読めたりしてどきっとしましたわ。

いやなもんですわね」

「そんなもんですか。ぼくらから見ると親子を超えた関係のように見えますけど」

俺が意見を言うと、母は女の人特有の見透かしたような目をしてふふんと笑った。

「だから、かわいい一方で小憎らしくもなりますのよ。女の子は鏡みたい。娘も同じふうに見ているんでしょうね」

我が家の複雑な事情もあって、妹は小さいころから叔母にかわいがられた。幼いうちはそれでも母がよかったが、成長するにつれ知恵がつき、父親の死後は旗色をうかがうように叔母の手に下ってしまった。叔母の策略が巧妙だったから妹をとやかく責める気にはなれないけれど、母の胸には凝《こご》る思いもあるようだ。叔母のいる京都の大学へ行ってしまった妹は、年に二回くらいしか母を見舞うこともないが、皮肉なことにそんな妹のことだけを母は正常に記憶している。

「そう思うと男の子はちがっていてよ。あどけなさがありますわ」

「男の子はお二人……ですか」

しまったと思った。手を突っ込むのはいけないと知りつつ、ついつい母の記憶を探ってみたくなる。母は「ええ」とうなずいたまま、穏やかな表情でしばらく窓の外に目を遣っていた。俺は心の水面に広がった輪が消えていくのを静かに待っていた。

「三人いるとね、それぞれにかける親の気持ちって同じじゃありませんのよ」

なにを言おうとするのか、俺はいっそう耳を傾けた。

「みんなかわいいって一口に言いますけど、おまんじゅうを三等分するようにはいきませんわ。やっぱり、いちばんしあわせを願ってやったのは娘ですかしら。女は、まわりの人の影響でよくも悪くも……」

言いかけておいて、「まあ、いいわ」とため息が一つ。心のうちにある不満を口にしかけて、いつもこの黙《だんま》りで終わらせてしまう。子どものころから何度も接した母のこうしたところが俺は好きではなかった。

——大丈夫ですよ、おかあさん。あなたがそれでいいのなら、妹はこれからもずっとしあわせに生きていくでしょう。

「男の子はね、母親の思うようには育ちませんでしょ。そうじゃありませんでしたか、あなたも」

「さあ、ぼくは母には従順ないい子でしたが」

「ほら、やっぱり。従っておこうって思ってただけでしょ」

なるほど。逆らわないでおこうと意識するのは取り込まれなかった証《あかし》かもしれない。

母は術にはまったような顔をする俺をしたり顔で笑った。

「妹さんとお二人なら、あなた長男さんでしょ。長男っていうのは母親にとっては特別ですのよ。大事っていいますか、小さいころからでも、将来はこの子に従うんだっていう予感がありましてね、女の了見で潰しちゃいけないって気遣いがありましたわ」

「へえ、そうなんですか」

そんなふうに奉られた覚えはさらさらない。

「ええ。だけど同じ男の子でも、次男になりますところっとちがいますのよ。それはもう犬猫のようにかわいい。どうでもいい子ってわけじゃないですが、好きにしていいと親も気が楽でしょ。だから単純にかわいがってやれます」

ふふっと微笑《ほほえ》んだ母を、俺はちょっと複雑な思いで見ていた。

「じゃあ、今は長男さんと？」

「いいえ。息子たちは仕事で方々にいますの。ときどき手紙くらいは寄越しますけど、家は娘が跡を取りました。あの子も忙しいんですけど、週に一回はようすを見にきてくれますわ」

母はもうどっぷりと妄想の世界にいる。取り戻したい過去とねじ曲げて受け入れた現状、それを繋ぎ合わせて組み立てた世界の中で、俺の存在はいったいどこへ弾き飛ばされてしまったのだろうか。

うつろな表情の老人を乗せて看護師が車椅子を押していった。見知った俺の顔を見てにっこりと会釈していく。

「あら、戻っていらしたのね。じゃあ、行ってあげないと」

自分の役目はここまでと母は俺を追い立てる。

「ええ、そうします。お相手ありがとうございました」

立ち上がって帰ろうとする俺をつかまえて、母はあの人の病室はこっちだとご親切にも指をさしてくれる。「ああ、そうでした」と頭を掻き、俺はぐるっと廊下を一回りしてから詰め所に寄り、母の着替えの包みを渡してきた。

――ここまでしなくたって。

エレベーターの中で、情けなさは、もう可笑しさに変わっている。来週は、また誰かの見舞客だと思うのだろう。話した記憶もなくしてしまうから、何度も初対面のやり直しをするのだ。けれど、母はいったい俺たちからどんな手紙を受け取っているというのだろうか。母に手紙を寄越す弟は、どこでなにをしているのだろうか。心にいるそいつに「なあ」と語りかけたとき、エレベーターの扉がチンと開いた。

カオルがユウさんを見つけた数日後、イオは早速地図を作ってきた。ホールの床に広げたのはインターネットから必要な部分を取り出して繋ぎ合わせた特製で、ここからどのように六葛村へ向かうか、タイムスケジュールまで書き込んで行く気満々なのがうかがえる。

「ほえーっ、こりゃすごいな。見てるだけで行った気分になれるってもんだ」

前屈みになって地図を覗き込んでいたオショさんは、すくい上げるようにイオを見上げて称賛した。

「藤沢から高速走って、下りたらこっちのルート。途中からこの道を入って、とにかくここ、白石村まで行く」

「ほぉ、琵琶湖の辺りまで行くのか」

「そこまでは行かないけど、順調にいけば片道五時間ってところかな」

六葛村はどんな地図でも探せなかったから、まずは白石村を目標にして、その辺りで地元の人に道をたずねるのがいちばんだと、赤いボールペンで道をなぞりながらイオは調べも万端、もう明日にでも決行できるような口調で説明した。

けれども、オショさんはそんな横で「はあん」とため息をついて座り直した。

「こんなに遠くっちゃな……」

なにかまだ言いたそうなオショさんにイオは「なによ」とちょっと不服な顔を向けた。

「場所がわかったんだから、まあ、いつか大きくなったら訪ねてみればいいさ。俺たちができるのは、ここまでだな」

オショさんはパンと両膝をはたいて幕引き宣言をした。

「なに言ってんの、いっしょに行くんだってば」

廃村になってしまったのだ。今見ておかなければ、そのうち跡形もなくなってしまうじゃないか、とイオは立ち上がって抗議した。

「だとしても、こりゃあ、無理だ。かあちゃんに連れていってもらうか、そのユウさんとやらに頼むっていうのが筋だな」

「そんな！」

――またかよ。

イオは拳を握った。もっともな理屈、常識的な判断、当たりさわりのない見解、子どものころからなにかしようとするといつもそれに阻まれてきた。途中まで自由にやらせておきながらも、いつだって最後は型抜きクッキーのようにその枠を持ち出して切り抜かれてしまうのだ。ちがうと思っていたオショさんまでもが結局そんなことを言い出すのかとイオはがっかりした。

「カオルにそれができるなら、なにもここへ頼みにくるわけないいじゃん。だからさあ……」

「ああ、だからここまでやってやった。それでいいじゃないか」

食い下がろうとするのを、オショさんが先を言わさず遮った。

「ちがう！　ちがうってば」

カチンときたのはそのことばだ。

「やってやったって、なにそれ？　肉を見せた、火をおこした、さあこれから焼いて食べようってところなのに。だったらこんなことやらない方が親切だったじゃないの」

「そうじゃないが、よく考えもしない先に首を突っ込みすぎたのはおまえさんだろ？」

オショさんはすかさず指摘した。

「やれ人助けだ、他人の世話だ、そうやって熱くなるのは結構だけど、やるんならどこまで自分の力でやってやれるか、どこが力の限界か、見定めっていうのは大事だぜ」

　助けているつもりで、いつの間にか自分が窮地に立っていることもある。親切心が仇となって恨み恨まれたりもする。そんなこともめずらしくはないのだと、オショさんはぼやきにも似た口調であれこれ説いた。

「おまえはよくやったよ。根気よく付き合って、調べて、こんな地図まで作ってきた。上等だ。えらいもんだと俺も感心するよ。だけどなあ、これから先はまだ無策だろ？」

　こちらを見上げた顔が落ち着き払っているのが癪にさわり、

「だからオショさんに相談してるんじゃんか！」

　とイオは食ってかかった。

「ああ、そこだよ。そりゃ俺だってちょいとそこまでっていうんなら連れていってやるさ。だけどこんなに遠くっちゃ、まずは小学生がかあちゃんにどんな方便をつけて家を出てくるか。それに車もない。金もかかる。そこは俺任せか？　おまえか？　冷たいようだが、なんで他人の俺らにそこまでする義理があるのさ」

　イオは唇を噛んだ。そう言われればぐうの音も出ないが、ぼそぼそと口の渇く臭いパンを無理矢理ねじ込まれているような気分だった。道理はこうだ、理屈はこうだと並べられるほど、それに歯向かういつもの心が湧きあがり、吐け、吐き出せと腹の中で苛立《いらだ》っていた。

「やり遂げないなんて、あたしはいやだ！」

カオルみたいな子どもが思いつめて二年も待った。行動を起こし、やっと出口が見えてきたのに、ここでやめるなんて許せないとイオはふるえるほど憤った。

「まあ、落ち着けって。一生懸命だったのはわかるけどな、要はカオルの問題だろ？おまえさんがさ、やりたいからって引っ張ってどうする」

「引っ張ってなんか……。だって、カオルからじゃ連れていけなんて言い出せないじゃん」

「ああ。だからこの地図を見せてやればいいじゃないか。無理だって判断すればあいつも納得するだろうよ」

「オショさんは自分が面倒だからそんなこと言うんだ！」

イオに鋭く睨み下ろされて、さすがにオショさんの顔色も変わった。立ち上がり、

「そうだ。わざわざこんなことやりたくねえよ。カオルには同情するけど、正直そこまで付き合わなきゃいけないとは感じねえ。悪いか？」と吠えると、

「同情？　口先だけのくせに」

とイオは憎たらしい顔で吠え返した。

「はあん。じゃ、おまえはどう？　やり遂げるって、暇持てあましてるときに面白いゲームがはじまって、要はさ、ゲームクリアとかってするまでやめたくないだけだろ。やればいいじゃないか、おまえ一人で。お嬢さんはお医者の先生の車に乗せてもらって、六葛でも白石でも行ってくればいいじゃないか。おまえこそ、カオルのためとか言うな」

がつんと食らった。……そんな言い方！　ちがう、絶対ちがうと反撃したくても、浴びせられた直球が胸に食い込み渦を巻く。

イオは嚙みしめた奥歯の間からぬあっと意味のない叫び声を上げると、「おい」と呼び止める声も聞かずそこを出た。

勢いに任せて戸を蹴り破って飛び出したいところだけれど、ごつい編み上げは履くにも手間がかかり、おまけに心が動揺するせいで情けないほど指がふるえた。間抜けな図に歯ぎしりしながらようやく外に出ると、バツ悪げにそこにカオルがいた。「あ あ」となにか言いかけたカオルを引きつった顔で無視して、イオは自転車で飛び出していった。

「イオさん、なんか怒ってるみたいだった」

入れ替わりでやってきたカオルは捨てられた犬のような目でオショさんを見上げた。

「いやあ、なんでもない。あいつ、退屈病だ」

口論したとも言えず、オショさんは適当にごまかしたが、あんな態度で飛び出していったイオを見ればカオルだってなにか勘づいたはずだ。生意気な口を利くからちょっとわからせてやろうと思っただけなのに、子どもを拳固で殴ってしまったほどに後味が悪かった。

さすがにカオルも空気を察し、イオもいなくなったし、今日のところは帰った方がよさそうだと気を回したとき、ホールの床に広げられた紙が目にとまった。

「あれっ、それ地図？」

カオルは上がっていって覗き込んだ。

「うわっ、あの村だ！　ユウさんが言ってた村だ！」

ふり返った顔はもうよろこびの一色だった。

「ああ、イオが作ってきた。あいつ、やりたいって火がついたら止まらないからな」

まずいものがカオルの目に触れてしまった。赤ペンのルートを指でなぞっては「すげぇ」と声をあげているカオルに、さてどう言い聞かせたものかとオショさんは弱った。イオといくら言い争ったところで、夢中になって地図を覗き込むこんな姿を見せられては思ったことも言えなくなった。

「ねえ、ここってバスで行けるの」

「バス？　そりゃ途中までは通っているだろうけど、先まではねぇだろうな」

「どのくらい遠いの」

「どのくらい……さあな、高速はともかく、山道なんか見当もつかねえや」

正直に返事をしてやれば、期待を摘むようなことばかりになってしまう。丸めた背中を向けたままカオルはどんな表情をしているのだろうか。床屋へ行かされたばかりの、きれいに剃り上がった襟足がオショさんには妙にいじらしく感じられた。

「じっくり練ってみないとな……」

うっかり気を持たせるようなことを口走ると、とたんに食いつくような顔がふり返って見上げた。

「待った。行くとは言ってないぞ。行けるかどうかもわからない。土台無理だとさっきイオにも言ったんだ。そしたらあいつ、むくれやがって……」

またそこへ逆戻りだ。「もっと打ち込むものがあればいいんだよな、ああいう娘は」と、オショさんは独り言のようにぼやいた。

するとカオルは立ち上がり、「ゲーセンですごいんだって」とイオの肩を持った。

「イオさんといっしょにいるところをシンジくんに見られて、あの人と友だちなのかって聞かれたんだ。テトリス最強らしくってさ、誰も勝てないんだって」

「へえー、そうかい。なにやってんだか、あいつ」

そんな能力があるのなら、もっと勉強に活かせばいいのにともっともらしいことを言うと、

「ううん、オショさん。イオさんは教科書に書いてあることは一回読んだらわかるんだって。ぼく聞いたんだ。だけど先生に嘘だって言われるから学校がいやになっちゃったって」

カオルはまるで自分のことのように訴えた。

小学生のとき、イオは授業中によそ見ばかりしてよく注意されたらしい。あるとき、

あまりに口うるさいから「もうわかったもん」と反発すると、聞いてもいないのにわかるはずがないと叱られ、放課後に一人残された。上の学年の教科書とテスト問題を出されて、読んでわかるのなら解いてみろと試されたそうだ。

「降参って言わせたいんだろうなって思ったら、もういやになっちゃったんだって。かわいそうだね、イオさん」

「そんなわからずやの先生なんか、意地でも解いて鼻あかしてやりゃあよかったのにな」

笑い飛ばしたオショさんにカオルは「そんな」と眉を下げた。

「おとなの人を怒らせたら、ぼくら、怖いもん」

「ほう、そうかね。今どきの子どもは賢いから、おとなもやり込められてるぜ」

「やり込めたって……どうせ勝てないよ。マジになったら、絶対ぼくらを負かすまでやめないでしょ」

「……」

ついさっき出ていったイオの姿が目に浮かぶ。オショさんはわずか十一歳の子どもが突きつけたことばに反論のしようもなかった。筋の通ったことを言ったつもりだけれど、たしかに打ち負かそうと引かなかった感はある。

「おとなは、怖いか？」

「うーん、ふだんはそうじゃないよ。だけど、気持ちをぶつけられると、ぼくら歯向かえないもん」

　おかあさんにだって、宿題をやれとか、残さないで食べろとか注意されるのは平気だけれど、弟のことをたずねてうるさいと怒鳴られたときは、もう二度と聞けないと思った。まだ変声期を迎えていないカオルの声がそんなことを切々と訴えるのを聞くと、オショさんは余計に自分のおとなげなさが悔やまれた。

　カオルは腹ばいになって地図を覗き込み、赤く塗られたルートを指先で尺を採るようになぞっていた。

「キロちゃん、こんな遠くまで行ってたんだ」

「よりにもよって、なあ……」

　急にしんみり静かになった部屋の中に、紙のこすれる音だけが響いていた。二年間、こんな小学生がいなくなった弟のことばかり思って過ごしてきた。助けを求めて、やっと見えてきたのに……ああ、やっぱり薄情は性に合わない。イオにははっきり無理だと断れたけれど、この子には正論だと薪を割るようには言い出せなかった。

「おまえさあ、金持ってるか」

きょとんとした顔で振り向いたカオルが、ためらうようすもなく「うん」とうなずいた。

「貯金箱に二千円くらいあるよ」

「二千円かあ」

オショさんは歯がゆそうに顔を歪めて頭を掻きむしった。

「よし。まあ、それでいいや。明日その金持ってこいよ。俺がなんとか増やしてきてやる」

「え！　増えるって……まさか念力で」

「まあ、近いところだ」

オショさんはなにか策でもあるのか、にやりと笑った。

事務所を飛び出したイオは、むしゃくしゃした思いでペダルを漕いでカオルと通い続けた桜山への坂道を上っていた。

――カオルのためとかって、あたしはそんなこと言ってない！

楽しんでなにが悪い。楽しいから夢中になって、それで突き止めたんじゃないか！

同情するけどって、なんだよそれ？　同情したって、なにもやってやらないのなら……おまえこそ、口先だけでそんなこと言うな！

「あんたなんか、あんたなんか、どうせ……」

さっき言い争ってきた顔に向かって吐きかけようとして、くっとその次を呑み込んだ。

――どうせ……。

今、なんと言おうとしたのだろうか。喉に詰まったことばが胸に黒く広がっていく気がした。

『オショさんのことなにか知ってる？』

あの日そう聞いたカオルに噂なんか気にもしないと笑い飛ばした自分なのに、カッとなればこうも簡単にそれを穿《ほじく》ろうとしている。そういうやつが大っ嫌いだとさんざんわめいているくせして、なんだ……正義を振りかざしやがって、噛みつかれれば、あたしだって平気で相手の疵《きず》を噛むやつなのか。親たちのように無神経に人を値踏みして、見下して……。

――あんなふうにだけはなるもんかと反発してきた自分なのに、ああ、いやだいやだ、ぞぞっとする。

　イオは坂道の上でキュッと自転車を止めた。振り払うように「はあっ」と肩で息をすると、熱くなりすぎていた頭が急にすっと冷めていった。こめかみをつたった汗が顎をすべり落ちる。Tシャツの中で蒸れた熱気が襟首から立ち上り、湿った髪の匂いがした。

――つまり、お金か。

　問題は感情論ではなくて、もっと現実的なんだ。熱の冷めた頭にすとんとそれが落ちてきた。

　自分が抱えている不満を、人はよく贅沢な悩みだと言って片付けようとする。父が勤務医、母が法律事務所に勤めているエリート家庭の子となれば、心にくすぶることを誰かに話したくても、「世の中や、もっとまわりを見てごらん」と最初から決められたようなことを聞かされるのだ。

　あたしの胸にだって治まらないモヤモヤがあって、なにかこう、苛立って、蓋をされたら爆発してしまいそうなものが、あたしにだって……あるんだ。

けれど、今はそんな悩みがかすんでしまった。自分の心にうねるものをどうでもいいとは思わないが、今、目の前にある壁はそこじゃないんだ。

ずっと自分の行く手をふさぐ壁ばかりを憎々しげに睨んできたが、壁はそこだけじゃない。あたしの知らない壁がそこかしこに、誰の前にも立ちはだかっているんだ。

――金はどうする。

突きつけられて、はじめてその問題が自分の生きてきた中で重要ではなかったと気づいた。一円のお金も稼がないあたしは、親の家に住み、親の金で服を着て、食って、生きている。今回だって、目的地を突き止めることに夢中になり、そこにしか目がいかなかった。場所を突き止めるという困難な問題を片付けたのだから、こんな手柄を立てたのだから、行くのは当然と息巻いていたが……。

――そうか、そっちか。

お金なんか、いざとなれば友だちと旅行に行くとでも言って親からもらえばいいと軽く考えていたわけで、とにかくそんなことが頭にまるでなかった。カオルの境遇もオショさんの状況も、考慮するどころか、想像もしていなかったのだ。

——なんだよ、世間知らずのくせしやがって……くそっ。

吐いたのは自分の未熟さに対してだ。稼ぎもしない自分は、悔しいが親にも教師にも、そしてオショさんにも、まだ対等にものが言える立場にないのだと思い知らされた。

ここが坂の頂上。道の先は長くゆるやかな下り勾配だ。さあ、どっちの坂を下りようか。イオは自転車の向きを変え、今上ってきた急勾配を一気に駆け下りた。

3

「パパいつ帰ってくるの」

それが苦しい問いかけなのはわかっていた。パパは唇を吸い寄せるようないつもの困惑顔で「んー」と唸ったあと、ほんの少し首をかしげた。否定したのでもなく、返事そのものを保留したようなずるい反応だと思った。

研究員のパパのところにアメリカの大学から招きがあり、お正月の休みが明けたらわたしたちを残して行ってしまうのだ。パパは家族三人でいっしょにアメリカへ移住することを望み、ママはそれを望まない。そんな両親のもめ事が昨夜どう決着したかをわたしは知ってしまったので、だからこそ知らないふりをして無邪気に聞いてみるのだ。

「ねえ、二十世紀のうちにパパは帰ってくる?」

二十世紀もいよいよ最後の十年と、さっきなにかのポスターで見た。十年間と聞くよりもはるかに長い期間、いっそ永遠に戻らないのかと聞いてしまったような気がして、自分でもひやりとした。わたしはストローでミックスジュースを吸い上げながら上目遣いにパパの顔をうかがった。そうだね、と軽く嘘をついてもらってもかまわなかったけれど、真面目なパパは苦心して答えた。

「十年経ったら君は十八になるだろ。そうなれば自由にパパに会いに来られるよ」

曖昧さがずるく、的確さをやさしくないと感じるわたしは、どんなふうに答えてもらいたかったのだろうか。

「ちょっと一本吸ってくるからここにいてくれるかい」

デパートの上階にあるこの喫茶室は下の階のパーラーや食堂よりはお高いけれど、布張りの肘掛け椅子やドレープをたっぷり寄せたカーテンが値段に見合った贅沢感を提供してくれる。なによりパパのお気に入りは、紳士クラブのような喫煙ルームが設けられていることだ。カットガラスのはまった扉の向こうにわたしは入ったことがないけれど、螺旋《らせん》状にタイルが敷かれた美しい部屋で煙をくゆらせる愉しみがあるだけでこのデパートに来る価値があるのだとパパは言う。わたしを一服の間一人にしておいても、ゆったりと静かな店内は接客係の目配りも行き届き、客層もよいので安心なのだとパパはここをたいそう気に入っている。

パパが席を立っていくと、すぐに昨夜耳にした両親の言い争う声が頭に甦ってきた。

僕らはどうなるんだ。いくらお義母さんが大事だって、こっちの家庭を壊してまで尽くすことか。

あなたの言い分はわかるわよ。だけど、事情がこうなんだもの、残して行くなんて無理よ。とてもできないわ。

残してって……お義父さんもいるし、弟夫婦だって同居してるじゃないか。心配なら年に一度、いや二度でも長期で帰ってくればいいじゃないか。

それがわかってないのよ。母の病気は進行していくのよ。いずれはどうしたって手助けが必要だわ。あなた、父に説得を頼んだでしょ。

ああ、頼んださ。まだどこにでも自由に出かけられる人の介護のために、なぜ僕らの家庭を壊さなきゃいけないんだ！

おばあちゃんが筋肉の病気にかかったと聞いている。すぐに悪くはならないけれど治らない病気で、やがては自力でなにもできなくなってしまうのだそうだ。ママはパパが単身で行ってくれることを望み、パパはそれを受け入れられない。しかしその夜、二人の諍《いさか》いはもっと深いところまでいってしまった。

私が頼りなのよ。そんな母を見放してついて来いなんて、どんなにひどいこと言ってるか、あなたわかる!?

見放すって、ちょっと落ち着いてくれよ。そんなことは言ってない。それより、君のしようとしてることは、僕らの巣を放り出してまで親の巣の修復に向かうようなもんじゃないか。ちがうだろ、それは。

私が巣を放り出すですって。なに言ってるのよ。巣を見捨てるのはあなたの方よ。仕事をとるために移住する？　それこそあなたの都合だけじゃないの。なぜここにいられないの！

それは堂々巡りだよ。研究者としての僕の使命が今はアメリカにある。だから……。

聞いたわよ、何度も。ご立派な使命のために、行きたければ行けばいい。一年に一度でも二度でも、あなたが帰るときには私たちはここにいるわ。別に家族関係が解消されるわけでもなんでもないじゃないの。

いっしょにいるのが家族だろ？　僕はね、お義母さんのことではそんなに思いやり深い君が、どうして娘と暮らせない僕の気持ちをわかってくれないのか、それが言いようもなく悲しいんだ。

わたしが眠っている間に、何度もこんな言い争いを重ねていたのだろう。昨夜はとうとう精魂尽きて、「もう、よそう」と対話を諦めてしまった。今朝になり、「パパはしばらくお仕事でアメリカに行くのよ」とママに聞かされた。まだ八歳の娘にはこう伝えておけばいいとどちらも考えているのだ。もう八歳にもなっているというのに。

そんなとき、パパが戻ってきた。

「ママが心配するからそろそろ帰ろうか」

張りぼての馬みたいに不恰好なことば。家に帰ればママは「パパとお出かけしてよかったわね。楽しかった？」と微笑むのだろう。もうわかり切っている。

レジの隣のショーケースに贈答用の焼き菓子が並んでいる。パパが支払いを済ませる間いつもただ眺めていたけれど、今日は買ってとねだってみた。「そうかい」とパパは気前よくショーケースの上の袋入りを買おうとしたので、わたしはこれがいいのだと赤い缶箱入りを指さした。

「だってお家用ならこっちでいいんじゃないの？　入れ物があるだけで同じクッキーなんだよ」

「ううん、だってこの箱がほしいんだもん」

パパがここの喫煙ルームが好きなように、わたしは蓋が丸くふくらんだこの缶箱をいつか手に入れたいと夢見ていた。クッキーなんかどれも同じだけれど、この缶箱はパパと来た回数だけ眺めていた、パパとわたしの幸福な思い出が詰まった入れ物なのだ。

――いつ帰ってくるの。

その答えがもらいたかったのじゃない。パパ、わたしは……。

カオルが貯金箱の中身をかき集めて二千三百十円を持ってきた。オショさんはこのうち十円だけを返すと、あとは任せておけと受け取り、「じゃあ月曜日まで待て」と言って帰らせた。

そしてその月曜日、カオルはオショさんが念力を使ってどれほどお金を増やしてくれただろうかと、わくわくしながらやってきた。

「五千三百八十円」

カオルは机の上に置かれたお金を数えて声に出した。あのときのオショさんの自信ありげなようすからすると、もっと大金に変わっているかと期待したけれど、それでも小学生にしてみたら、長い間かかって貯めたお金が一週間も経たずに倍以上に増えるなんて驚くべきことだった。

「すごい！　どうやったの」

「まあ、そんなことは知らなくてもいいや。けど、これじゃまだ足りねえな」

「足りないって……ええっ！　もしかしてあの村へ行くの」

うん、とも言わないうちにカオルは早呑み込みで飛び上がった。

「待てって。軍資金ってもんがいるだろ。これじゃまだ計画も立てられねえな」

「いくらあったらいいの」

車を借りて、ガソリン代や高速料金もいる。飲まず食わずというわけにもいかないから食事代、と挙げていくと額は目の前のお金をあっさりと超えていく。

頬杖をつき考え込むオショさんと向かい合い、カオルも思案なく同じポーズをとっていると、入り口の戸が開いた。声もないので覗くと、やっぱりイオだ。怒って出ていったきり顔を見せなかった娘は、ぶすっとしたまま上がってきて、いつもの「ちわっ」という素っ気ない挨拶すらしないで上目遣いにふんと一瞥《いちべつ》した。オショさんの方も似たようなもので、だらしなく口を開けたまま「ああ」と応じた。二人の気まずさを知ってか知らずか、カオルは机の上を得意げに指さした。

「見て、イオさん。ぼくの貯めた二千三百円をオショさんがこんなに増やしたんだよ」

「増やした？」

「うん、貯金を全部オショさんに預けたんだ」

ぞっとすることを口にして、カオルはにこにこしている。机のお金をざっと目で数えたイオは訝しそうに眉根を寄せ、

「なにをやった」と射貫《いぬ》くような視線をオショさんに向けた。

「いや、手っ取り早くな、こいつじゃ無理だからさ」

「まさかパチンコ？」

「あれはやらねえ。俺はその、もっぱらホースだよ」

――ホース？　馬、はあっ！

「おっさん、子どもの小遣い巻き上げて競馬したのか！」

紋め殺しそうな権幕のイオに、オショさんは第七レースで六千円以上ついたから、あともう少し獲ってやろうとメインレースで勝負した、と情けない言い訳をした。

「ありゃ狙い目はよかったんだけどなあ、ゴール前で……」

「もういい！　すった話なんかすんなって」

百円の馬券で六千円の配当金がつくということは三百円買っていれば一万八千円、千円買っていれば一挙に六万円を稼ぐという仕組みだ。ゲームでやっているからそんなことはイオも知っている。

「いくら使ったのさ」

イオのきつい追及に、オショさんはカオルの目に触れないように二本指を立ててみせた。

「二、二万！　バカじゃないの。最初からそのお金を出しておけば子どものお金取りあげなくたってよかったんじゃないか」

「まあまあ、おことばを返すようだけどな、カオルのことはまずはカオルがなんとかするのが筋だろ。恵んでもらうんじゃこいつも受け取りにくい……」

「負けてお金すってきたくせに、言い訳なんかすんな」

眉をつり上げ怒るイオに、オショさんは言い訳もそこそこに「面目ない」と小さくなるばかりだ。

「オショさん、損しちゃったの」

カオルは二人のやり取りがすべてわかったわけではないけれど、なんとなくオショさんが自分のために机の上の五千円以上のお金を使ったらしいことはわかった。

「あんたが心配することなんかない。この人、手に負えないバカだよ」

バカと呼ばれた男はイオに向かってはすまんと謝りつつ、カオルには片目をつぶって舌を出す。まったくどうしようもないやつだとイオはため息をついた。

——がっかりだ。こっちはがつんと反省したっていうのに、やっぱりするんじゃなかった。

イオはだぼついた迷彩ズボンのポケットに手を突っ込むと、なにかを取り出し、バンとわざとらしく音をたてて机の上に置いた。二つ折りになって重なった札が数枚。おおっと口を尖らせたまま、オショさんは「どうした」という目でイオを見上げた。

「三万四千。買ったときはもっとずっと高かったんだけど、とにかく自転車売ってきた」

「う？」

すぼめた口のまま、オショさんとカオルは顔を見合わせた。

「売ったたって、おい、あんないい自転車をか」

うん、とうなずいて、イオは眉を寄せた。

「そんなことは、おまえ……」

「だって、あのままじゃ負けだもん」

「負けって、意地でそこまでやるか。俺が金のことを言ったのはさあ……」

「わかってるって。そんなことも考えずにやり遂げるなんて粋がってた自分が悔しくってたまんないだけ」

イオはオショさんのことばを遮って言い放った。

自分の性分は叩いて、嚙んで、砕いて、とことんやりたいのだと自覚していた。それを親やまわりはなぜわからない、なぜやらせてくれないのかと渦巻く不満がいつも自分の裡《うち》にあった。けれども、興味のないことにはソッポを向き、誰もがやっていることにも従えないあたしは、ガツンと言われて、幼稚で身勝手な偏食家の自分の姿も見えてきた。そんなんじゃ飽きっぽくて続かない子だと思われても無理はなかった。悔しいけれどオショさんと言い争って目が覚める思いがしたとイオは言う。

「カオルのためなんてさ、やっぱりちがうよ。自分がマジ面白かったんだよ。だから、ここまできたらどうしても六葛村へ行ってみたい。行かずになんかいられないよ。本当にそこまでやりたいことのためにはさ、あたしは誰かを当てにしてちゃいけないんだってやっとわかった」

「俺は別にそこまでのつもりじゃ……」

惚れ惚れと見上げながら、「根性あるなあ、おまえ」とつぶやくオショさんの横で、カオルが申し訳なさそうに机の上のお金を取って差し出した。

「いいんだって。あの自転車は一度盗られてるし、発信器も、まあ、それはいいか。とにかくあれが見つかってここに取りにきて、それであんたが現れてキロちゃんの話を聞いたわけだし。今となれば最初からこういうことになってたような気がするの」

自転車が盗まれなければまちがってもこんなところには来なかった。しかし、それがあったから少し面白いことになってきた。この先に進み続けるためになにかを手放さなければいけないというなら、惜しい気のするあの自転車こそがふさわしいと思えたのだ。

「自転車は、バイトしていつか買い戻すよ。だけど、村へ行くのは今しかないもんね」

イオはやっと清々しく笑った。


今日もまた間の悪い来訪者のふりをして母のところにやってきた。「先週の人」とでも覚えてくれればいいのだが、母にとってなぜだか俺はいつも初対面の相手らしい。誰のところに見舞いにきた人かしらという顔で近づいてきて向こうから声をかけてくるが、看護師に言わせるとふだんは人見知りで、自分からこんなふうに接触していく人ではないらしい。

ぽつんと待たされている俺が気になるのか、それとも微《かす》かに残っている記憶がどこか近寄ってみたい親子の匂いを嗅ぎ分けるのか、期待する気持ちはとうになくなっているけれど、そう聞かされれば少しは慰められるものがある。

「あなた、ごきょうだいはいるの」

今日もまた振り出しからだ。前にも言いましたよ、とは答えずに何度でもこのやり取りを繰り返す。けれど今日は、ちょっとたずねてみたいことがあった。

先々月の健康診断で母の肝臓に癌《がん》が見つかった。ほんの初期だと見られたものが先月の再検査では思いがけず進行していたため、ここへ来る前に今日は医者と会ってきた。手術をするか、どのような治療をするかの相談だった。

血縁があるのは俺と妹だけで、その他の親戚、といってもこちらも死んだ父の妹だけだが、いまだ母を兄嫁とも思わないような人だ。相続分でこの施設に入っていることには目をつぶっているが、まだ老人というほどでもない母がこれから先どれだけの金を使ってしまうのか、口にこそ出さないがよく思っていないのは明らかだ。

そんな叔母は妹に「あんな具合やったら無闇に長生きしはるのも辛いんちがうの」と耳打ちする。

叔母とは理由を異にするが、俺にも正直言って母の生存にこだわる意義がわからない。家族の記憶をなくし、この限られた空間の中で誰とも繋がらず、ひっそりと過ごす母にとって、治療の苦痛は生存するよろこびに見合うものなのだろうか。

医者は、今の母の認知能力では病気を正しく理解し、克服する意欲を持つことはむずかしく、だから家族が判断すればよいのではないか、と俺に決断を勧めた。

はあ、と聞いてはきたが、俺は頭を抱えた。記憶の崩壊があり、次の瞬間にどう変わっているかわからなくても、そのときどきに母が示す感情は豊かだし、意志すら感じさせるのだ。それなのに俺がこんな重大なことを勝手に決断するのを、はたしてこの人は納得するのだろうか。俺にとっては母だけれど、この人の頭の中ではもはや俺は……。

「ぼく、今日はちょっと困っているんです」

親切そうな表情が聞いてくれそうに見えて俺は話を続けた。

「おばさんが癌の宣告を受けたという友人がね、本人は治療する気がないって言うんだけど、どうしたものかって相談してきたんです。他に身寄りがいないからってぼくに意見を聞かれても、どう答えればいいのか」

作り話でも、俺が困惑する気持ちはそのままだった。そんな俺に母は涼しい顔で微笑んだ。

「それはご本人がしないっていうのなら他人が意見することじゃありませんわね」

「だけど、まだそんなにお年寄りじゃないらしいんですよ。勿体ないとは思いませんか」

言いすがるのは俺の気持ちか。しかし、母はきょとんとした顔で「どう勿体ないの」と問い返した。

「たとえば、まだいろんな楽しみとか……」

言いかけて虚《むな》しいものを感じた。母の楽しみを数えようとしてなにも思い浮かぶことがないのだ。目の前の人は穏やかに「ほらね」という笑みをたたえて続くことばを待っていた。

「そういうものは、他人よりも本人がご存知なんじゃありませんの。そのうえで決められたのだから、お友だちは受け入れてあげればいいんじゃないかしら」

母は「ちょっと」と俺を手招いてささやいた。

「ここにもいらっしゃるのよ、そういう人」

病棟を移って胃癌の手術をしたものの、あちらこちらに転移していたらしく、手に負えなくて戻ってきた人のことを母は語った。

「管から栄養摂って、いつもぼうっと天井ばかり眺めてるんですけど、家族が面会に来て手を握り返しただとか、こっちを見ただとか……。誰のために生きているのかなって思いますわ」

背もたれに身を沈め、ため息混じりに「お気の毒」とつぶやいた母に俺はその老人の姿を重ねた。

「なにもしてやれないまま死なせてしまうっていうのが家族には辛いんじゃないでしょうか」

それが俺の悩める部分だった。

「そうね。だから苦しいのを少し長引かせて、自分たちを納得させますのよね」

微笑んではいるけれど、声のうちに少し険があった。母はしばらく心を静めるように窓の外に目を遣り、俺も同じようにして、ちくりと痛んだ胸のうちを考えていた。

「死ぬってね、前は真っ暗なところへ入るのかなって思ってましたの。だけどみんなそこに入っていくんだし、近づいてくれば思ってたほど怖くもなくて、すっと入っちゃえるのかなって、わたしそう思ったりしますの。あちらから呼ばれてひょいっと席を立っていくみたいにね。

だけど、そうやって人がいなくなっちゃって、残されるのはほんとに辛い……。わたしはいくつも知ってるの」

こっちに向けられた母の瞳が少し潤んでいるように感じられ、俺はどきりとした。明日にはちがうことを言うかもしれない人だが、「知っている」と言ったときの母には、いつもとはちがう力がこもっていたような気がした。

「おばさんですか？　その方が決心されたなら、お友だちはそのいちばん辛いところを引き受けてあげればいいのじゃないかしら。行かないでという気持ちは心にしまって、ありがとうとか、お疲れさまとかいう思いで最期まで寄り添ってあげればどう？」

母のことばは正しくて、心に打ち響く答えだった。しかしそれは一方で、もしかすると母にそう言ってもらうことを俺が望んでいたからなのだろうか。

――ごめんなさい、おかあさん。辛い決断から逃れるために、他人のふりして欺き、あなたにこんなことを言わせてしまいました。

穏やかにやさしく、人の悩みに親切に答えてくれるこの人を前にして、俺はただ恥ずかしく、良心に苛《さいな》まれていた。

――そんなに静かに微笑まないでください。おかあさん、ぼくはやっぱり……悲しくてたまりません。

小学校が夏休みになるとカオルは朝のうちから商店街事務所にやってくるようになった。こっちを見る顔が「いつ行くの」と問いかけるので「宿題を済ませてからだ」と言ってやる。連れていってほしいの一心で猛然と取り組んでいる姿がかわいいもんだとオショさんは目を細めた。

ときどきイオが勉強を見てやった。すると、むずかしかった算数の問題がするすると解ける。

「家庭教師料、取ってやれよ」とそそのかすオショさんに、まんざらでもない顔のイオは「貸しにしとくよ」と笑う。

朝のうちに宿題をこなしたあとはいつも作戦会議だ。目的地も判明したし、資金も調達できたし、残る問題はただ一つ、小五の少年がいかにして早朝から夜まで、遠出の事実を母親に知られることなく家をあけられるかということだ。

カオルによると、母親は躾にはきっちりしており、平気でよその家に子どもを泊まりにいかせる親ではなさそうだ。相手の親にお世話になりますとでも挨拶すればすぐに嘘はばれてしまう。そうなるとうまく口裏を合わせてくれる協力者の存在が欠かせないだろうということになった。

そして数日後、カオルがその協力者を見つけてきた。

「シンジくんの家の庭で基地ごっこをやるよ」

うれしそうに駆け込んできたカオルは、友だちの家の庭にテントを張り、早朝のラジオ体操から夜の花火までみんなで遊ぶという計画を持ってきた。ずっとそこにいると見せかけておいて、実はその間に弟がいた村まで行って戻るというのだ。

「友だちの親も巻き込むわけ」

「ううん、話しておくのはシンジくんだけ」

「シンジって子の家にはそんな広い庭があるのか。すげえなあ。だけど家の庭だろ？　親が覗きに来たらどうするんだ」

オショさんの心配にも、カオルは自信満々で答えた。

「だって基地ごっこだもん。おとなは来ちゃいけないんだ」

昼も夕ごはんも、おとなを閉め出して全部子どもたちだけでやるという。参加費は五百円と米一合。それで食材やおやつ、お楽しみのくじ引きの景品まで買いそろえるというのだ。

「だけどさあ、他の子の親はともかく、シンジくんだってまずはおかあさんに許可をもらうわけでしょ」

誰と誰が何人来るのか、家の庭でするとなれば母親は案外そんなところにうるさいのじゃないかとイオが意見すると、

「うん。だからクラスの男子全員に声をかけるの」

基地ごっこはみんな大好きだ。ましてや庭にテントを張って本格的にやる遊びなら十人くらいは必ず集まるだろう。塾の時間に抜けるのとか、用があって遅れてくるのとか、とにかく入れ替わり立ち替わりなるべく多くの友だちにいてもらうようにするのだとカオルは手の内を明かした。

「はあん、うまいこと考えたなあ。出入り自由か」

それならば親もいちいち気にしてはいられないだろう。

「悪知恵使いやがって」とくり出すオショさんの空パンチをかわしてカオルは得意そうに笑った。

「あと問題があるとすると、他の子の親からでもカオルがいなかったこととか、うっ

かりおかあさんの耳に入っちゃわないの？」

「うちのおかあさん、あんまり……」

カオルは口ごもった。五年生にもなると親の人間関係もうすうすはわかっている。自分のところに父親がいなくて、子どもの親がそれぞれちがっていて、安いアパート住まいで……そういう家の中では問題にもしないことがむしろ外から小声で伝わってくる。スーパーでおかあさんがよその子の親と立ち話をすることもないし、「なのか食堂」の人たちと学校の親たちとのちがいはカオルもちゃんと嗅ぎ分けていた。

「なら、大丈夫だ。あとでばれたら、まあ、それはそんとき考えようぜ」

カオルに先を言わせないうちに、オショさんは話を切り上げた。

「ところで、おまえさんはどうよ。まあ、聞くまでもないか」

「あたし？　別に隠すことなんかないもん。商店街で友だちになったカオルちゃんとおじさんの車で田舎のおばあちゃんのところへ行ってくるって言う」

「カオルちゃんか。ずいぶんちがう状況に聞こえるな」

オショさんはカオルのほっぺをすりすりと撫で、二人はじゃれあうように笑った。口実が見つかればあとのことはとんとんと決まる。車はオショさんが手配して、前夜までにガソリンを満タンにして準備することにした。そして当日は、まずイオを自宅近くまで迎えにいき、あとはカオルが来るのを待って出発。朝六時のラジオ体操で集まるとすれば出発時間もかなり早くできるだろう。こうなれば予定どおりシンジくんが大勢を集め、なるべく遅くまで基地ごっこをやってくれるのを期待するまでだ。

「そこだけどさぁ、アリバイ工作はシンジくんって子にかかってるわけじゃん。大丈夫なの？」

遊び半分で引き受けても、シンジくんの担う役割は大きい。彼が得にもならないのにちゃんと手筈どおりやってくれるのか、イオが心配して問うと、カオルは待っていたように胸を張った。

「だってシンジくんが考えたんだもん。絶対うまくやるよ」

商店街に通い、イオといるところを何度か目撃されてから、シンジくんのこちらを見る目が変わった。弟のお守りをしていたおとなしい友だちが、ゲーセンのヒロインを気取る「不良っぽい」おねえさんと知り合いだというので一目置かれ、二人だけになると彼はいつもイオやオショさんのことを聞きたがるようになった。家にゲーム機のないカオルでも、そのときばかりは立場が逆転するのだ。だから、親に知られないで出かける方法はないかと相談すると、シンジくんは飛びついてきて、進んでこの秘密計画を立ててくれた。

「あのね、イオさん。一度でいいからシンジくんとテトリスの対戦してやってくれないかな」

「あー、それか」

ちゃんと交換条件があるのなら友だちの協力にも合点《がてん》がいく。

「いいけど、手加減してやらないよ」

拳を握るイオに、カオルはにっとうれしそうに歯を見せた。


面会に訪れると、母はいつものデイルームでめずらしくうとうとしていた。俺は机をはさんだ斜め前の席でしばらくその顔を眺めていた。もとからほっそりした人だったけれど、こうやって見ると痩せたなあと思う。癌だと知らされたときには外見はまったく健康そうなのになぜだと思ったものだが、病気は確実に内側を蝕《むしば》みつつあるのだろう。我が身を抱き寄せるようにして腕を組み、こっくりと首を垂らした姿がいつもの半分ほどに萎れて感じられた。

背もたれにこくっと身が倒れ、その瞬間はっと目を覚ました。もわっとした顔で俺に気づくと、「あら、いやだ」と照れながら会釈をするので、俺は母の背後にあるテレビを見ていたかのようにつくろって挨拶を交わした。

「いやだわ、こんなところで居眠りなんかしちゃって。おばあさんたちみたい」

きゃっと笑った顔は明るくて、さっきのやつれはもう感じられなかった。

今日もまた「ご面会ですか」と見知らぬ俺に話しかけてくる。

「ここのおばあさんたち、昼寝ばっかりしてるのよ。夜は徘徊するくせにね。廊下をうろうろして部屋に連れ戻されてるのよ」

「そうなんですか」と話を合わせて俺は笑う。そんな人たちがいる病棟になぜ自分が入っているのか、それは変とも感じないのだろうか。いたって正常に見える母の、そこがふつうでないところだ。

廊下の向こうから母の名を呼びかけ、ワゴンを押した看護師がにこにこと近づいてきた。

「はい、これ食後のお薬ね。ゆうべはお腹痛くてよく眠れなかったから、今日からもう一つ、こっちのお薬も飲みましょうね」

するると母は訝しそうに看護師を見上げ、

「お腹？　そんなの痛くないです。わたしじゃないわ」

しかし、看護師が「夜中に点滴、したでしょ」と思い出させようとすると、母の顔はみるみる強《こわ》ばり、「わたしじゃない！」と叫んだ。まるでちがう人格が現れたかと思えるほどの豹変ぶりだ。

看護師の方は落ち着いたもので、俺にこっそり目くばせをしてからクリップボードを確認するふりをした。

「あらあら、ごめんなさい。お隣さんだったわね」

じゃあまた、と軽い会釈をして戻っていった。

こうなってしまうと母はなにも受け付けないのだ。ここは逆らわずに別の手を講じるとは、看護師もちゃんと心得ている。入院させてからずっと他人のふりで接している俺は久しくこういう姿を見ないでいたが、症状そのものがよくはなっていないということだ。

それに加え、夜中に腹痛が起きたのは癌のせいか。この認知能力では積極的な治療はむずかしいと言った医者の見解はそのとおりかと思うが、病室で一人、痛みをこらえて体を丸めていた母のことを思うと自分が下した決断が本当にこれでよかったのだろうかと辛くなる。

「あんな不注意で大丈夫なのかしら。人を取りちがえるなんて、ほんとに怖いわ」

看護師の後ろ姿が遠ざかるのを見計らって、母は不服そうにこっちに向き直った。すぐに引き下がった看護師を面と向かって誹《そし》らないくらいの配慮はちゃんと持ち合わせつつ、記憶ばかりが崩壊していくので、母の世界は歪んだまま、もはや誰からも修正されることがない。明日を待たずこの怒りは消え去って、同じ看護師が渡す「別の」お薬をおとなしく飲むのだろう。ここにいる限り母は無害なのだ。ただ一つ……俺は妹のことが気にかかる。

「わたしがうとうとしてる間に誰か来ませんでしたか。娘が来るはずなんですけど、帰っちゃったのかしら」

母の治療をどうするかと相談したとき妹は一度京都から戻ってきたけれど、会うのは辛いからと面会もしないで帰っていった。今日も母はまた、詰め所に届いた着替えは妹が届けにきたと思い込むのだろう。

——それはぼくです、おかあさん。

身を蝕まれゆくこの人を前にして、もう、そうやってつぶやいて自分を慰めることもしなくなった。母が言った「いちばん辛いところを引き受けてやる」とはこういうことじゃないかと俺にも少しわかりかけてきた。それより妹よ……おまえはこのままでいいのか。このまま母を失うことになっても後悔はしないのか。胸にせり上がってくるいつものやるせなさを、俺は「仕方がない」と呑み込んだ。


いよいよ決行という朝、カオルは目覚ましが鳴るのを待ちきれず布団をはね除けた。それでも横に並んだおかあさんの寝床はもう空っぽだった。

早朝から夜遅くまでシンジくんの家で遊ぶんだと伝えると、おかあさんはよろこんで、なにか差し入れでもしようかとまで言ってくれたし、昨夜は、そわそわと目覚まし時計のセットをやり直すのを見て、「起こしてあげるから心配いらないよ」と微笑んでいた。そんなふうにやさしくされるたび、カオルはおかあさんを騙《だま》している後ろめたさを奥歯でくっと噛み殺すのだった。

起きていくと、食卓の上にもうおむすびが用意されていた。

「おはよう。朝ごはん、時間がないといけないからおむすびにしといたよ。まだ間に合うなら食べてから行きなさいよ」

お皿の上に海苔で包んだおむすびが二つずつ分けてあるのは、カオルの分とあとで自分が食べる分を握ったのだろう。海苔の香りがぷんとしてすぐにでも手が伸びかけたけれど、もっと朝早くから準備しているオショさんやイオにも食べさせてあげたかった。

みんなが来る前にシンジくんと準備するから持っていくよと言うと「いいわよ」とアルミホイルに包んでくれるので、すかさず、

「もう一つ、三個ほしいけど、ダメ？」と頼んでみた。

すると、おかあさんはシンジくんにもあげるのだろうと察して、ふんと笑って四つとも持たせてくれた。

昨夜からいったい何回おかあさんを騙しているのだろうか。心でごめんなさいと謝りながら、カオルはおむすびと水筒を抱えると逃げるように家を飛び出した。

五角商店街の事務所の前にはすでに白い車が止まっており、外に立ったイオがカオルを見つけて、早く早くと手招いていた。オショさんが借りてきたのは商店街の店舗が業務用に使っている軽ワゴン車だった。

「なかじまのカ、イ、ロ、ウ……」

「なかじまの海老あられ。あたしも今朝見て、ちょっとお……って思ったよ。ダサくない？」

業務用の軽ワゴン車の後ろにはいかにもクセの強い黒い毛筆体で商品名が大きく書かれていた。

「文句言うなって。乗ってしまえば気にならねえよ」

レンタカーと比べたらタダ同然、ちょいと借りられて手間もなく、ドライブインでも目印になる、こんな車が他にあるもんか、とオショさんはいいこと尽くめを並べ立てた。

「23・71か。きれいな素数だなあ。あたしはナンバーで見つける。やだよ、海老あられなんて」

「ニイサン、ナイ」

語呂合わせでナンバーを口にしたカオルは、

「にいさん、いないって読めちゃうね」

弟のことを思ったのか、少ししょんぼりと見えたので、

「ツミ、ナイって読んじゃったら。親に嘘ついてきたのも赦《ゆる》されるって感じするじゃん」

イオがそう元気づけると、待った待ったとオショさんが横から口をはさんだ。

「いやあ、語呂っていうのはもうちょいと洒落て読むもんだぜ。これはな、フタサナイって読むんだ」

蓋すっていうのは蓋をしてもうお終いにするということだが、これは蓋さない、つまりまだまだ終わらせないぞという前向きな意味なのだ、と説いてしたり顔をした。

「へー、柄にもなくいいこと言うじゃん、オショさん」

「俺はこう見えても……ま、いいや。さあ、乗った乗った」

オショさんのことばはよく効いた。これから向かう目的地はすでに廃墟となった村だし、キロウの命が終わった場所でもあるけれど、「フタサナイ」と聞けばわけもなく希望が湧き、なにかがまだ待っている気がしてくる。そしてやっぱりなんとなく、

イオにもカオルにもこの小さなワゴン車が今日の旅にはぴったりの相棒のように感じられてきた。カオルの乗ってきた自転車を人目に触れないように事務所の中にしまって、三人は「いざ出発！」と車に乗り込んだ。

ハンドルを握るのは十数年ぶりというオショさんだけれど、早朝の空いた道を転がすうち、徐々に勘を取り戻してきたようだった。下調べが完璧なイオが助手席から右だ左だと的確な指示をくれるのもよく、高速に乗る前には「朝飯食ってないから腹へったなあ」といつもの軽口さえ飛び出した。

カオルがここぞとばかりにアルミホイルをほどくと、海苔とごはんのいい香りが車内に立ちこめた。

「うわー、こりゃたまらんな」とオショさんが叫ぶ。すると興奮で胸いっぱいだったカオルも急に空腹感に襲われた。

路肩に車が止まると、カオルは前の二人におむすびを配った。焼きたらこと細切り昆布の具が入った特製のおむすびが空きっ腹にはこのうえもないご馳走だった。

「なにこれ！　ふんわりしてて全然ちがうよ」

頬ばりながら歓声をあげるイオに、

「いつも握り加減がいいって、なのか食堂のおばさんにほめられてたんだ」とカオルは自慢した。

「ほう、道理で売りもんの味なわけだ。けど、おふくろさん、まさかこんなことしてるとも知らないでさあ、なんか俺たちがこれ食ってるの申し訳ないよな」

そう言いながらオショさんは二つ目に「いいか」と手を伸ばした。

「ねえ、悪いことしてるって気にするの、もうよそうよ」

そもそもカオルに弟が死んでしまった経緯をちゃんと説明してやっていればこんなことはしなくて済むんだ、とイオは手厳しい理屈をこねた。

「そっちが悪いってか」

苦笑いするオショさんにも、

「だって、出てきちゃったらもうこっちのもんだよ」と返し、指についたごはん粒までうまそうに食べた。

「おまえさんは、そういうところが腹据わってんだよな」

イオにはかなわないや、と笑ったオショさんは「よっしゃ、それでいくか」と再びハンドルを握った。

夏休みとはいえ平日で、しかも早朝ということもあり、高速道路は気分よく流れていた。後ろから来るすべての車に追い越されていくけれど、それでも小さなワゴン車は残してきた嘘も不安も振り切って、前へ前へと快調に突き進んでいた。今はラジオ体操の時間だとか、そろそろテントを張り終えたころだとか、そんなことばかりびくびくと気にしていたカオルも、いつの間にか標識の下に書かれたローマ字の地名を楽しそうに読み上げている。

「カオルはおとうちゃんのことって覚えてるのか」

しばらく走っているうち、不意にオショさんが後部座席に話しかけた。前にイオにも聞かれたことだ。

「ううん」

アパートの壁にはカオルが一歳の誕生日に撮った写真がピンで留めてある。カオルを膝の上に乗せている人がおとうさんなのだと教えられ、それを毎日眺めるうち記憶は後付けされたのだと思う。このスナップが撮られた直後におとうさんの入院生活がはじまり、二歳の誕生日にはもういなかった。

「ビデオとかで動いてるおとうさんも見たことないの？」

「うん、ぼくんちビデオないもん。だけど、おとうさんかどうかわからないけど、セーター着てる男の人の背中によじ登った記憶だけがあるんだ。おかあさんは、そんなの覚えてるはずないって言うけど」

「へえ……」

赤ちゃんに記憶がないなんて、おとなは簡単に言うけれど、そんな一括《ひとくく》りに決めつけるもんじゃない。自分もまだつたい歩きのとき階段から転がり落ちたらしいが、落ちたことはともかく、あのとき目に映っていたひねりを加えた逆さまの光景は誰になんと言われようとも覚えている。「そんなはずはない」と聞かされれば、反射的に目覚めてしまう気持ちがある。黙っているとオショさんがまた聞いた。

「カオルのおとうちゃんってなにしてた人？」

「消防士、だったんだって」

これも写真でしかないが、遺影の横に消防自動車の前で撮られた集合写真が飾られている。

「消防士か。そりゃかっこいいなあ。俺も昔はなってみたかった」

この人が言うと、それはいかにも嘘っぽく聞こえる。

「オショさんが人助けのために火の中に飛びこんでいく姿なんて、ぜったい想像できないよ」

この貧弱な体にぶかぶかの防火服を着込んだら、ホースを持って走るのだって至難の業だ。

「またまた失礼なことを。いったいどちら様のために俺はハンドルを握ってるんだっけ。あん？」

小さな車内に少女と少年の笑い声が弾け飛んだ。

「でも、消防士の奥さんだった人がさ、ユウさんってまた全然ちがうタイプの人をよく選んだもんだね」

イオの脳裡に塀の前であたふたとする情けない男の姿が甦った。

「そういうのは、事情や成り行きってもんがあるんだよ」

そこは深く聞くなとオショさんは助手席に目くばせをしたが、後部座席のカオルはあっけらかんと、結婚するつもりだったのにできなかったのだと親から聞いたとおりのことを明かした。

「キロちゃんが生まれるころになっても、リコン？　ユウさん、どっかに奥さんがいたらしくてできなかったんだって」

ええーっ、とイオは後ろを振り向き、オショさんは前を見たまま小さな声で「悪いやつだなあ」とつぶやいた。その声を耳で拾ってカオルは前に顔を突きだした。

「ユウさんって、悪い人なの？」

おかあさんとユウさんが言い争う場面は知っているけれど、いつも叱っているのはおかあさんで、ユウさんはすねたような顔で謝ってばかりいた。なついていくほど面白い人ではなかったけれど、悪いやつだと思ったこともなかった。

「そういうことじゃないけど、まあ、けじめっていうか……」

カオルに素直にたずねられるとオショさんも歯切れが悪く、話題を助手席のもう一人の方へ振り向けた。

「イオんとこは両親とも放任主義なのか」

「ううん、むしろその反対。娘たちの将来までレールを敷きたがるタイプ」

それでおまえ？　と言いたげな顔が助手席をちらりとうかがう。

「親が今のあたしの状態をよろこんでるわけないよ。見てると腹が立つから無関心でいるだけ」

要は自己防衛能力が高いのだとイオは思う。彼らも誰かに望まれた道を邁進して、その中で目標に向かう道筋にある障害を乗り越えるばかりでなく、回避する手段も身につけてきたのだろう。動かない石にはかまわず、さっさと前に向かう、そういうシステムを体得しているのだと思っている。

「姉が思い描いたとおりになってるから、あたしにはあんまり目くじら立てないの」

「そんなことねえだろう。どっちも自分たちの娘だろうにさ」

「どうだか。学校に行かないんだったら芸術家になれって一時うるさかったけど、そういうあべこべのこと平気で言うのよ、うちの親って」

「そりゃまあ、才能がいるよなあ、そっちは」

「でしょ！」

わが意を得たりとイオは指をさした。太っているから相撲部屋に行けという発想と同じで、どちらにも失礼なことだ。

「とりあえず体裁だけってこと。適当な理由さえあればそれでいいって納得する人たちなのよ」

娘としての言い分は容赦なかった。なにを意見しても火に油。そういう年頃なんだと気持ちを汲んだことを言えば、きっとそれにも噛みつくだろう。要するに世間体を気にする親の本音を見透かすほどに賢くて、親の心痛が読めないくらいにまだ未熟なのだとオショさんは判じた。

「まあ、親の道理半分、おまえさんの理屈半分ってところだな。今のままじゃいかないってことにはどっちも頭悩ませてるんだろ」

返事をしないイオは口を結んだままフロントガラスからくっと空を睨んでいた。後ろが静かだと思ったら、早起きしたカオルはいつの間にか座席に横たわり眠っている。

「あー、小学生はいいなあ」

そのつぶやきが車内にこもったまま、しばらくは精一杯走る軽ワゴン車のエンジン音を聞きながらオショさんとイオの会話も途切れた。

トンネルをいくつも潜るたび、眼前の景色がカレンダーをめくるように変わっていく。海かと思えば山、山かと思えば広々とした平野に出る。そして大きな裾野がぱっと広がった。

「おい、見ろよ」

後ろに呼びかけるとカオルが飛び起きた。窓にはりつき、「うわぁ」と歓声をあげる。

「これって富士山？　すっげえでかい！　だけど絵ハガキで見るのとちょっとちがうね。あんこみたいな色してる」

「夏だからな。青くて雪がのってるのは冬の富士山だ」

こんなに近くで実物の富士山をはじめて見たカオルはガラスに顔をくっつけて、姿が見えなくなるまでずっと眺めていた。やがてオショさんはサービスエリアに車を導いた。

「トイレ休憩。それと、もうここで飯食っておこうや。時間を考えると店なんか探して走る余裕もないし」

お昼には早すぎる時間だけれど、朝から腹に入れたのはおむすびだけなので誰も異存はなかった。がらんと空いた食堂で思い思いのものを食べて、ものの二十分足らずで車に戻った。

しばらくまた高速道路を走り一般道に下りると、いよいよ、さあ、ここからだという気持ちになった。イオは道をまちがわないように地図と案内標識に目を凝らし、後ろのカオルは目印になりそうな店の看板を片っ端から読み上げていた。道路沿いの飲食店はたいていがまだ準備中で、サービスエリアで食べておこうと言ったオショさんの判断はまさに正しかった。

そうやって三人を乗せた白い軽ワゴン車は、ここからは目的地まで一本道というところまでなんとか無事に辿り着いた。

はじめは賑やかな市街地を走っていたが、ちょっと行けばそれも途絶え、点々とした民家と田んぼの風景が広がってくる。それがいつしか畑に変わり、向かう先に山脈が座るようになると交通量はぐっと減り、対向車に出合うことも少なくなってきた。それと反比例するように舗装された道路ばかりがやけに立派に見えてくる。

「なんかゲームの道みたいだね」

と、カオルは楽しそうだが、単調な道に加え、建物が目立たなくなってきたのがオショさんは気になっていた。昼間なら快適でも、夜間の運転は困難になるだろう。

山に向かうほどその心配はいっそう増した。道の両側は同じような茂みと杉林、たまにゴルフ場やロッジの看板があるものの、走りながらでは見落としてしまいそうだ。一本道のはずでも道は曲がりくねって、おまけに私有地へ続くのか紛らわしい脇道がいくつもあったりする。

上るにつれ道幅は狭くなり、そのうち片側に渓流を見下ろすようになった。川の中にごろごろと大きな石が転がって、そのどれもが水に削られてつるっと白っぽい鏡餅のようだ。そんな道をくるくる上った先に駐車スペースらしく少し開けたところがあったので、三人は一旦車を止めて降りてみた。

近くには平屋の建物があり、「白石村集会所」の札が掲げられていたが、戸は閉まっていて人がいる気配もなかった。表に設《しつら》えられた木製の立て看板にはその昔、合戦の折、峠を越えて逃げ落ちてきた武士が云々、詳細な村の由緒が記されていたが、読んでみようとしたカオルは「むずかしい字ばかりで読めないや」と途中で匙《さじ》を投げた。

「ここが白石村ってことだよねえ……って、人がどこにもいないじゃん」

イオがぼやくとおり、蟬しぐればかりがうるさく頭上から降り注ぐけれど、住人の姿はまったく見あたらなかった。三人は車をそこに止めたまま、ほんの二、三十メートル前に通り過ぎてきた小さな橋のところまで戻ってみることにした。

『ようこそ白石村へ』。見れば橋のたもとに黒い矢印があって、その下に奥ゆかしく遠慮気味にそう書かれていた。

「ようこそって感じが伝わってこないじゃん。ぜーんぜん見落としちゃうよ、こんなの」

イオはぶつぶつ言いながら先頭を歩いて橋を渡った。そこから続く勾配のある舗装道が村を貫き、その山側、あるいは谷側に民家がぽつぽつと重なり合うように建っている。裾野や平地で見てきた村とはちがって、山の斜面に立体的に寄り集まったという形の集落で、お隣に呼びかけるにも「おーい」と見上げる案配だ。

道沿いにぽつんと一軒、ガラス戸のはまった商店があった。店の前には懐かしい円筒形の赤いポストが立って、タールの塗られた板壁にはどれだけ昔のものかドリンク剤と製パン会社の看板が錆びたまま取り外されずに掲げられていた。四角い板ガラスから中を覗いてみると、薄暗い店の奥に亀の甲羅を背負ったように背の丸まった老婆がいて、首を伸ばして同じようにこちらをうかがっている。

「こんにちは」と入っていくと、待っていた老婆は「はいはい、こんにちは」と応じる。外見から想像していたよりも、はきはきとした声で、明らかな余所者《よそもの》の三人に対してもやけに愛想がよかった。

「あのう、六葛村っていうところへ行きたいんですけど……」

イオが聞くなり、「ああ、あそこはもうあらしません」と老婆は頭をふった。

「ない、ってことですよね。それは知ってるんですけど、ちょっと訪ねてみたいんですが……」

訝しそうに老婆はすっと身を引いた。やはりどことなく仕草は亀に似ている。

「二年くらい前まで、おばあさんがまだそこで暮らしていましたよね。たぶん一人で」

すると相手は「はあはあ」と相槌を打ち、いっぺんに表情を和ませた。

「なんや、お知り合いの方でしたか。そんなら心配もあらしませんわねえ」

無人の村にはときどき余所から人がやってきて、ただ見物していくだけならよいけれど、中には荒らしていくような輩《やから》もいて困っているのだと老婆は申し訳なさそうに事情を語った。

「おばあさん、ここはいったい何屋さんなの。いろんなもの売ってるんだねえ」

オショさんはさっきから小さな店内を見回していた。パンや袋菓子、年季の入ったアイスクリームケース、それらを見ればいかにも食料品店だけれど、文具や傘、長靴、電池、ポリバケツ、ちょっとした衣類はもちろん、農具もあれば、数珠や線香まで置いてある。選べるほどの種類はないとしても、文句を言わなければたいていのものがそろいそうだ。

「店は一軒だけだから万屋《よろずや》ですわねえ。今どきは車で坂下辺りまで行きますけど、ないと困るってことで、まあ細々やっとります。六葛の人らはここまでよく来とりましたよ」

「えー、じゃあ、おばあさんも？　ひょっとしてちっちゃな子見かけませんでしたか」

すると老婆はぱっくり口を開けて目を剝いた。

「そうそう！　あの子、かわいそうやったねえ。来て、間なしやったよ」

「キロちゃんも……」

カオルが思わず叫んでしまいそうになるのを、オショさんは肩に手をかけなだめた。

「その子がね、事故に遭ったって聞いたんだけど、こんなところで交通事故ってこともないだろうし、いったいどういう事故だったんですかねえ」

「転落ですよ。あの村もね、わたしらが娘のころにはまだ三十軒近くありましたかねえ。そやけど炭焼きもしなくなると、若いもんは仕事探して離れていきますしでね、ぱたぱたって減ってしまったんですよ」

人が住まなくなると急速に村は荒れる。道や石垣の崩れは放置され、裏山の手入れも行き届かなくなり、ずいぶんと危険な箇所がそのままになっていたのだという。

「お終いは三軒、いやあ二軒でしたかね。一人暮らしの世津さんって、そのおばあさんと、その東にもう一軒年寄りの夫婦がおりました」

どの家も先祖を辿れば親戚ばかりのところなので、買い物には旦那さんの軽トラックに乗ってキロウもみんなといっしょに来ていたそうだ。

「かわいらしいボクやってねえ、はじめはね、泣きっぱなしやし、帰るって飛び出すし、こんな子預かってどうしよ、なんて困ってましたけど、何十年って子どもなんかおらしませなんだやろ、こんな小さい子がなぁとかわいそうに思って世話してたら、なんや情が移ってしもたわって……そう言うてた矢先でしたなあ。気の毒にねえ」

カオルの肩に手を置いていたオショさんは、話を聞きながらその肩が何度も強ばるのを感じた。

「転落って、崖みたいなところからですか」

イオがことばを差しはさむと、饒舌《じょうぜつ》だった老婆がまた口を噤《つぐ》んだ。声にはしないが、この三人組はいったい何者なのかと警戒しているようすがありありと見て取れた。

「いや、実はね、私らはその子どもの身内なんです。事情があってあんな残念なことになってしまいましたが、どんなところで亡くなったのか、ちょっと手でも合わせてやろうと思って訪ねてきたんですよ」

――手を合わす！

このオショさんの、どこをどうひねればそんな殊勝なことばが出てくるのかとイオは呆れたが、老婆はそう聞くと「まぁ」と深くうなずいて、見ちがえるほどに表情を変えた。

「そうでしたか。あそこはねえ、ここよりもっと山ん中ですし、危ないところはいくらでもあります」

落ちたら斜面を転がり、川まで行く。そうなれば健常な者でもなかなか一人で助け上げられるものじゃないそうだ。

「あの朝、隣の夫婦からここに電話があって、それで消防団が出ていきましたんです。うちの息子も行きましたわ」

「ほう、それじゃこの村の方にお世話になったんですね」

カオルがいる手前、生々しいようすは聞かせてくれるなと案じたオショさんは「その節はありがとうございました」と巧みに話を打ち切った。

それでもおおよその経緯は三人にも見えてきた。

雨の翌朝、家を走り出たキロウを「危ない」と追いかけたものの、祖母は転んで腰を打った。それでも道まで這い出して、大声で子どもの名前を呼んでいるのを隣の夫婦が見つけて、この白石村まで助けを求めたそうだ。

あの事故は防げなかった。それは誰もが認める見解だった。その祖母は治療のために坂下の病院に入り、その後はユウさんが言っていたとおり姉娘のところに引き取られ、それを機にもう一軒残っていた隣の夫婦も山を下り、以来あそこは廃村になったのだという。

「世津さんが今どうしておいでなのか、わたしらもとんとわかりませんのよ。ご身内っていうのは、都会に出ていった息子さんの方のご関係ですか」

それは曖昧に返事して、老婆もなんらかの事情は知っているのか、それ以上深入りして聞くこともなかった。

「あそこは峠ですよってに、山道行くのはお宅さんらには危ないですわ。そやねえ、集会所の先をもっと上に進んで、どのくらいかなあ、何十年か前のバス停の跡が左にありますんで、そこら辺で車を降りて、近くにある石段を上っていくとよろしいですわ」

店を出る三人について万屋の老婆も橋を渡り、眩しそうに道の先に目を遣りながら、身振り手振りで教えてくれた。

車に戻るなりイオは「手を合わせてやりたいんです」とオショさんの口真似をして思い切り噴き出した。

「身内なんですって、あんな出任せよく言えたね」

「イオに任せておけないからじゃないか。ああいう相手とは、まずは世間話をする。そうすりゃなんでも聞かせてくれるのさ。おまえさんのはテレビのレポーターみたいで気ぜわしいんだよ」

はいはい、と聞き流してイオは助手席に座った。知らないうちに後部座席に乗り込んでいたカオルは疲れたようにぽかんと宙を眺めていた。炎天下を歩けば暑いけれど、車を止めておいた辺りは山の影に入って割とひんやりとしていた。窓を全開にすると涼やかな風が通って、たちまち車内の熱気も追い出されていく。

　地図の確認をするイオの隣で、さっきからオショさんはルームミラーに映るカオルのようすを気にしていた。するとカオルと目が合い、その目が「なに？」と問い返した。

「大丈夫か？　このまま見ないで帰ってもいいんだぞ。どうするかはおまえが決めればいいんだ」

　イオは一瞬顔を上げ、不服そうに舌先で頬の内側をなぞったけれど、ふんとうなずくと、なにも聞かなかったような顔でまた地図に目を戻した。

「どうする。行くか？」

　もう一度問うと、ルームミラーの中の顔は口を結び、「うん」と大きく動いた。

　この道は人がまだ山道を徒歩で行き交っていたころからのものらしい。ときには山賊に遭いながらも、峠をいくつも越えて昔の人はここを往《い》ったのだろう。長いトンネルを通す技術が進んだ今では新しいルートが開かれ、もうわざわざこんな険しい道を行き来することもなくなり、おそらく通るのは周辺に点在するこうした村の人々だけなのだろう。

万屋のおばあさんは白石村にはアマゴ釣りの客もやってくると言っていた。限られた季節だけの賑わいだろうけれど、「ようこそ」と看板を立てるだけの気力が辛うじてあの村には残っているのだろう。しかしながら、白石村を発って先に進んでみると、続いた道は舗装道ではあるものの、いっそう置き捨てられた感がある。

「あっ、サル！」

カオルが道端に野生のサルを見つけて声をあげた。ふり返ると車など恐れるようすもなく、サルが路肩でものあさりをしていた。

「こりゃ、イノシシにだって出会《でくわ》しそうだな」

そう言うオショさんはにこにことうれしそうだ。

「ユウさんって人もさ、なんでこんな山奥にキロちゃん連れてきちゃったんだろ。おばあちゃんのお守りじゃ危なっかしいよね、どう考えても」

「いやあ、ここで生まれて育っててりゃそうでもないと思うぜ。都会育ちはな、やわでいけねえや」

自分も都会の一角にいるくせに、えらそうに言い放つオショさんの横顔はいつもよりずいぶん楽しげに見えた。

「オショさんって、田舎どこ」

そんなことを言うからにはきっとここに劣らぬ山奥か僻地《へきち》で育ったのじゃないかとイオは思ったが、オショさんは鼻歌でも歌っているのか、気持ちよさそうに首で拍子を取っていた。

道は細く、くねくねと曲がる。ところどころに対向車をかわせる程度の道幅があるにはあるが、今ではそこも枯れ葉がたまって道とも見えない。幸いなことに前からやってくる車など一台もなかった。

「これがおばあさんが言ってたバス停跡じゃないの」

イオが目敏く、半分木に埋もれた小さな囲いを見つけた。古びたトタンの屋根、朽ちた木の囲いの中には錆びて壊れたベンチが置いてあった。そう思って眺めればそのようだが、バス停の標識はすでになく、教えてもらっていなければただの古びた祠《ほこら》かなにかにしか見えなかった。

車を降りて歩くと、ここまで続いていたコンクリートの防護壁は人間が一つひとつ手で積み上げた石垣に変わり、住み着いた人々の時代を感じさせた。教えられたとおりに石段を上ってみると、その先に山肌に沿ったゆるやかな坂道が続いているのが見えた。

「足元、気をつけろよ」

先頭を行くオショさんが後ろを気遣うと、

「キロちゃんもここを上ったんだろうね」

石段を踏みしめたカオルが紅潮した顔を上げてそう答えた。つい先ほどまでとは顔つきがちがい、十一歳の少年が急におとなびたかのようだった。

細い坂道の山側は石組みだが、谷の方には柵も手すりもなく、道の下には今し方通ってきた舗装道が、さらにその下には谷川が流れているのが見下ろせた。谷川をはさんですぐ目の前に山が迫り、こんもりと茂った頂の向こうに連峰の黒い岩肌が拝めた。合戦の折に逃げ延びた人々が作った隠れ里だとは聞いたけれど、苔《こけ》むして、あちらこちらの間から羊歯《しだ》の葉が覗く石垣を見ていると、そんな昔にこの山奥にこれだけのものをきっちり築いた人々の境遇と労苦が偲ばれる。

ほどなく最初の家屋が現れた。木を伐採し、わずかな平地をこしらえて、そこにいまだ朽ち果てずに残っている家の残骸のようなものが建っていた。屋根には瓦がふかれ、窓に割れた板ガラスが残っているところからすると、昭和の中頃くらいまではまだここに住んでいたように見受けられる。外側の板がはがれ、中から痛々しく土壁が覗いていた。

「これは二年前どころじゃねえな」

万屋では、見るからに古い家はとばして、まだ状態のいい二軒を探せと言われてきた。

「誰も住まなくなった家って解体しないの？」

イオの質問が馬鹿げていて、オショさんは声をたてて笑った。

「新地《さらち》に戻して売るってか。誰がこんなとこ買うもんかよ」

「だけど、なんだかお家がかわいそう。置いていかれたまま死んじゃったみたい」

カオルの言うとおり、廃屋はどれも空き屋というものをとうに越して、もはや野ざらしにされた屍《しかばね》のようだった。長い年月をかけて風雨にさらされ、じわじわとここまで朽ちてきたのだろう。

そこを横目に、さらに石垣づたいに道を上った。しばらく行くとまた同じように廃屋が三棟あったが、ここは構えが少しどっしりとして、壁には漆喰《しっくい》が残っていた。

「ほう、こりゃ立派なもんだな。炭焼いて、どんだけか稼いだ時期もあったみたいだな」

オショさんが引き寄せられるように廃屋に向かったので、二人もついていった。山の中でも人が暮らせば庭に花木を植えるものなのか、敷地の一角で桜の古木が葉を茂らせていた。春には誰知るともなく、ここでひっそりと満開の花を散らせていたのかと思うといっそう寂しさが増す。

「わあ、こりゃひどいや」

開け放しになった家の戸口から中を覗いてオショさんが声をあげた。押し入れから引きずり出された行李は蓋が開けられ、中のものが部屋に散乱している。土足で上がるのは獣ばかりじゃなかったようで、靴跡が上がり端《はな》の板間から奥の畳の上まで遠慮もなく歩き回ってあった。

「こんにち……うわぁ、人の家だと思うと、入っていいんだか悪いんだか」

イオとカオルは敷居の前で足が止まった。

「そう思わないやつが多いってことだろうな。見ろよ、これ。住んでた者の仕業とは思えねえよな」

床板に刻まれた落書きは、愛着のある家に残すはずもない不名誉で汚いことばだった。

隣の家もほぼ同じ状態だった。必要な家財道具は運び出しても、余計なものは置いていったのだろう。鴨居にかけられたままの作業服が、あたかも人がそこにいるようでどきりとした。びりびりに破れた障子、ささくれてしまった畳表、古い雑誌が散らかった部屋の中で、年代ものの扇風機だけがぽつんと置かれているのがカオルの目を引いた。

「あれって動くのかなあ」

「もう電気が来てないもん、ほら」

イオが家の外を指さすと、ぷつんと断ち切られた配電線がくるくると丸められてぶらさがり、のの字を描いた輪っかの中に、ちゃっかりと蜘蛛が巣を張っていた。

庭の石段は草に埋もれ、裏庭の杉林も家屋の近くまで枝を張り、やがては屋根を破ってしまいそうだ。人が山を切り開き作った村を、今はまたこうして自然が侵蝕し、二十年、三十年ののちにはすっかりその懐の中へ収めてしまうのだろう。

こんな家を外から何軒も眺めながら石垣沿いの道を行くと、やっとまだ人が住めそうな二軒に行き当たった。古い平屋の建物は他とそう変わらないけれど、建具だけはサッシに入れ替わっていた。そうは言っても何十年も前のアルミサッシで、当時の流行りだった下半分のガラスが模様入りのやつだ。近づいてみると、やはりここも人に踏み込まれている。

たぶん、この二軒のうちのどちらかにちがいない。午後の一時をちょっと過ぎたばかりでまだ陽は高かったが、ずっとここまで明かり一つない山道を走ってきたことを思うと日が暮れないうちに麓の町まで戻っておいた方がよさそうだ。オショさんが「きっちり一時間後にここを発つぞ」と宣言すると、二人は了解して辺りの探索をはじめた。


この二軒もそうだが、どこもこのように数軒が固まって建っているのは助け合って生きるための知恵だろうか。山の斜面に楔《くさび》を打つように生まれた村は、異変が起きてもすぐさま他の家には気づかれにくい。だからこそ、こうして数軒が寄り添い合っているのだろう。ユウさんの母親が暮らすからこそ隣家があり、一方が山を下りればもう一方もここを引き払わざるをえない。そうやって村が消滅したのかと思う。

眼前に迫る緑豊かな山。こんな天然の風景に恵まれていても家の前には多少なりとも庭があり、拾ってきた石で囲った花壇に宿根の草花がいまだ貧弱な花を咲かせていた。

「花なんかわざわざ植えるかなあ。朝起きて外に出てきたら、これだよ！　家の前に山が、でんって置いてあるみたいなのにさ」

都会っ子のイオから見ればそれだけで十分な景観だ。イオはたった今出てきたように片方の家の戸口に立ってみた。そして、そこからつつっと駆けだしてみる。庭はゆるく傾斜しており、小走りだとそのまま惰性で石垣の道へと飛び出してしまいそうだった。表の道幅はせいぜい一・五メートルほどで、切り落としたようなその先には手すりもない。そこに背丈よりちょっと大きな藪椿《やぶつばき》が何本か自生しているのが見えたが、側まで寄ればこれがとてつもない大木で、根元はずっと下の方にあった。

「うわっ、これは怖い」

足を踏み外せばあんなところまで落ちてしまうのかと身がすくんだ。やってきたオショさんも下を覗き、「こりゃどこから落ちてもおかしくないなあ」と顔をしかめた。どこに目を遣っても危険箇所だらけだ。オショさんは庭から出て真正面の、眼下にクマザサの茂みを覗く道の縁に立ち、「おーい」とカオルを呼び寄せた。

「まあ、この辺りで拝んどこうや。な」

カオルを後ろから抱きかかえるようにして、オショさんは谷に向かって手を合わせようとしたけれど、少年はきかん気な幼児のようにもじもじと身をよじらせて、しきりに家の方ばかりを気にしていた。

「どうした？　オシッコか」

「ちがう！」

眉間にしわを寄せオショさんの手を振りほどくと、カオルは家屋の方へ走っていった。

庭を囲むようにして隣合う二軒のうちのどちらにも表札はなかった。あったところでユウさんの苗字すら知らないのだから意味もないが、ただ片方の家の前にぼろい手押しのカゴ車が置いてあって、カオルは招かれるようにそちらへ向かった。

カゴの深さが、ちょうどキロウがここに立って乗れば、縁から頭一つ出るような高さだった。まちがいないと、カオルはそちらの家の戸を引いた。

鍵もなく、ばってんに打ち付けられた玄関の板はとっくに壊され、またいで簡単に中に入れた。ここもすでに誰かが土足で出入りしたらしく、床に点々と泥の靴跡があったのでカオルもためらわずに靴のままで中に上がった。

先ほど入った家のように黴臭《かびくさ》くも埃っぽくもないけれど、代わりに積年の生活臭のようなものがまだ残っているような気がした。外からは案外ふつうに見えても、中に入れば天井から吊された照明器具の他は、電化製品や家具がすっかり持ち去られていた。

「おばあちゃんがさ、入院してそのままだっていうけど、ちがうじゃん、なぁんにも残ってない」

カオルに続いて入ってきたイオは室内を見回してあんぐりと口を開けた。

「引き取り業者っていうのがあるからさあ、金目のものはそういうところが持っていくんじゃないのか。粗大ゴミだし、運び出してくれるんならタダでもどうぞってことだろうな」

オショさんが言うのをへえっと聞いて、イオは思い当たった。近所で評判のゴミ屋敷にいた住人がいなくなったときのこと、借家の大家さんが残していったゴミを撤去するだけで百万円以上のお金を使ったと大騒ぎしていた。

「なるほどね。だけど無惨だなぁ。あとのことはどうでもいいって感じだね」

おそらく整理ダンスは運び出したのだろうが、引き出しの中身はその辺にぶちまけられている。古いもみ殻枕が放りだしてあるのは、寝具を持ち出すときにこれだけが不要だったからだろう。

「立つ鳥跡を濁しまくるだね、これは」

ぶつぶつ言いながら、転がっていたポリの洗面器に散乱した小さなものを拾い集めるイオを見て、オショさんが「几帳面なやつの悲しい習性だな」と笑った。

「あたしのこと笑える？　オショさんの事務所だってきったないんだから。片付けないなら業者に引き取ってもらいなよ」

そうは言い返したけれど、住む人もなく捨てられてしまった家の中で、餌をついばむゴイサギのようにゴミを拾い集めている自分の姿もちょっと滑稽だとは思う。

「あっ、ゴム人形発見！」

おまけについてくるような小さなゴムのキャラクター人形だ。もしや弟のものかと見せてやると、カオルがすっ飛んできてイオの手から取りあげた。

「ホントだ。キロちゃんのだ！　どこ？　どこで見つけたの」

この辺りだと靴の先で指してやると、カオルは這いつくばって探しはじめた。短く使い切った鉛筆や丸くすり減った消しゴム、大きさや形がまちまちの安全ピンはいかにも老人が捨てずに取っておいたものだろう。カオルはそんな中からすぐにもう一個、二個とゴム人形を見つけ出した。

イオは隅にうずたかく積まれた衣類を気持ち悪そうに指先で摘んで持ち上げてみる。すると下から蓋のない、弁当箱くらいの小さな缶箱が出てきた。ポリの洗面器じゃ大きすぎるけれど、これなら拾い集めたゴム人形を入れるにはもってこいだと手にすると、そこにも数個入っていた。

「あれ、もしか……」

箱の底には、ぴったりと型に収まるように縁を切り落とした一枚のスナップ写真が入れてあった。小さな子どもを真ん中に、女の人ともう一人の子が顔を寄せ合って写っている。今より少し幼い表情をしてくすぐったそうに笑っている、こっちの子はカオルだった。

「おおお、すごいの見っけ！」

イオは大発見とばかりに二人を呼んだ。

「あっ、それだっ、キロちゃんのおもちゃ箱！」

赤い太陽みたいな絵のついた蓋がなかったかと辺りをキョロキョロしながら近寄っ

てきて、箱の底にはりついた写真を目にしたとたん、カオルは急に表情を曇らせた。

「……」

「どうしたの」

カオルの意外な反応に、箱を掲げ持つイオの声も沈んだ。オショさんがどれどれとカオルの後ろから箱を覗き込んで、

「ほう、それがキロちゃんか。あどけない顔してんなあ」

と声をかけると、うなずいて「ひーっ」と声をもらしたカオルの目から涙がぽろぽろこぼれ落ちた。

「ディ……ディズニーランドへ行った。おかっ、おかあさんが余所の人にシャッター押してもらって……」

「そうか、そのときの写真か」

うんと言って涙をぬぐったが、

「だけどぼく、こんなの見てない！」

言い放って、カッと顔を上げたカオルの目には怒りがあった。インスタントカメラを買って、シンデレラ城の前で写真を撮ってもらった。撮るには撮った。けれど現像

したものは今の今まで見たことがなかったとカオルは一気にまくし立て、叫んだ。

「おかあさん、この箱に入れるために、これ撮ったんだ」

「はあん、それが親心ってもんだな」

「ちがう！　ちがう！」

カオルはわっと泣き出した。

「おかあさんはぼくらを騙した」

ディズニーランドへはあのときはじめて連れていってもらった。小さな遊園地しか知らない自分たちは、こんな夢の国が本当にあったのが信じられなくてぽかんと口を開けたまま手を取り合った。キロウは本物のピノキオの鼻に触らせてもらい、ミッキーマウスに抱きついていた。あんなに興奮してよろこぶ弟の姿は見たこともなく、あのときは、おかあさんありがとうと心から思った。だから、また連れてきてね、また来ようねと約束したんだと、カオルは胸をひくつかせ、鼻をすすりながら訴えた。

「なのに……あのとき、おかあさん、キロちゃんを遠くへやっちゃうってもう決めてたんだ。だからディズニーランドなんかへ連れていったんだ！」

「いやあ、カオル……」

そうじゃないんだと慰めようとするオショさんの手を振り払って、カオルは「ちがう、ちがう」と呻《うめ》いてうずくまった。

「キロちゃん、捨てられるって知らずに笑ってたんだ。あんなにうれしそうな顔して。パレードに手を振って、ぼくもキロちゃんも、なんにも知らないで……」

イオはそんなカオルになにも言ってやれなかった。捨てる……二人を抱き寄せ微笑んでいる母親が、そんなむごいことをしたんじゃないとイオにはわかっているけれど、背中を丸め小さくなり、声をあげて泣きじゃくるカオルの憤りもまたイオの胸に突き刺さるのだ。

「おかあさんが騙した。騙した」

そう繰り返す声に、オショさんも胸が詰まった。生きる道を求めたすえの母の選択と弟の死。絡まるはずではなかった二つの不幸を、この子はたった今、同時に知ってしまったのだと思う。オショさんは身を屈め、カオルの顔と向き合った。

「けどなあ、カオル。かあちゃんは……そりゃどうしたって言えないぜ、そんなこと。おまえの言いたい悔しさっていうのも、俺はよおくわかる。だけどその、かあちゃんの胸のうちっていうのも……ああ、なんて言うか……。察してやれなんて無理なことは言わないけど、そうだな……今は恨むな。それだけだ」

オショさんはうなだれ、カオルの肩先に手を置いた。顔を上げた少年は小鼻をふくらませ、唇をふるわせて必死に涙をこらえているけれど、固く目を閉じ、拳を握りしめるその姿が泣き叫んでいる以上に辛そうに見えて、二人は棒立ちになるばかりだった。

「俺たち、ちょっと外に出てるよ。気が済んだら出てこいや」

ふくらむ思いに破裂しそうなカオルを残し、オショさんはイオに目くばせして表に連れ出した。

まっ白い日差しが目に眩しいが、額に当たる風がふと涼しく感じられたのは熱気のこもった家の中から出てきたせいだけだろうか。

二人は隣の家の濡れ縁に並んで腰を下ろし、はぁとため息をついた。目の前に迫る山はこんな気分で見上げても憎らしいほど青々とし、泰然とこちらに向かっていた。

「あんな子どもでもさあ……」

オショさんは言いかけてそのまま、遠い目をして山の頂のさらに向こうを眺めていた。

「なに？　カオルがどうだっていうの」

言いっぱなしの先をイオが促すと、オショさんは肩で一つ、またはぁっとため息をついた。

「俺もさ、人と死に別れてるよ、この年だからさ。そのたびにそりゃあなんかは思ったただろうけど、まあ、そんなもんかってさ。けど、あいつ見てると……なんか、こう……」

ことばを探すようにオショさんは細めた目を山に這わせていた。

「俺さ、簡単にさぁ、さっきこの辺りで手を合わせておこうやなんて、まずいことを言っちまったよ。そういうの、全然ちがうんだよな。浅はかな人間だなあ、俺は」

首をふりふり、自分に言い聞かせているようなつぶやきだった。イオにはわからなくて、ただ問うような目を向けてオショさんがなにか言うのを待った。

「死んだのは、ああそうかって諦めがついても、人っていうのは、生きてたときの記憶が苦しいんだろうな。死んだものは生き返らないけど、思い出だけは何度だって甦ってくる。そのたびに胸の中でうわぁって嵐が起きてさ……」

「さあ、どうかな。あたしはまだ経験が少ないけど、それはどれだけ親しんできたかってことによるんじゃないの」

外孫のせいで交流の疎かった祖父の訃報には淡泊でいられたけれど、飼っていた手乗り文鳥のピイが死んだときには二晩も泣いた。それを言うと、「おいおい、じいちゃんは文鳥以下かよ」とオショさんは呆れて、やっと少し笑顔を見せた。

「そうだな。悲しいってことは、人によらず生きものによらず、かけた思いの深さだな。むしろなんにも思わないってことの方が……」

途切れたまま、オショさんはまた空のどこともつかない先をぼうっと眺めていた。懐かしむような、悔やむような、その横顔がなにを思い出しているのかイオは知らないけれど、飄々《ひょうひょう》として軽そうにふるまう姿に隠した、意外に深く、寂しい素顔を垣間見たように感じた。

「あいつは弟の死んだ場所なんか見にきたんじゃないんだ。なのにバカだよなあ、俺は。この辺で拝んどこうなんてさ、わかっちゃいねえな」

それがよくよく悔やまれるのか、オショさんはシャツの襟をつかんで苦しそうに顔をしかめた。

「あんな子どものくせしてさ……。弔うってことは、こういうことなのかなぁ。怒って、泣いて、胸いっぱいに悲しんで、あいつはさ、こう……やるせない溢《あふ》れるもので弟を包みにきたのさ」

手を広げ、宙を抱き寄せるような仕草を交えながら語る目には光るものがあった。

「悲しむことが弔うことなの」

「ああ、そうさ。それだけ。あとは、まあ……濁りだ」

「濁り？」

「俺は、濁りが多かった。おとなになれば、そりゃあ濁りもするけど、俺はとにかく人より濁ってた。カオルにもらい泣きして、このさ、胸を刺されるような感覚がどれだけぶりかなぁって。あーあ、こんなふうに悲しんでやれればよかった」

「オショさんも、誰か亡くしてるの」

「ああ」

もしかしてそれが例の噂に関わることかと腫れものに触れるような思いでたずねたけれど、こっちを見た顔が意外にもけろりとうなずいた。

「誰だってあるだろ。遅かれ早かれ。中にはそんな経験を知らずに先に逝ってしまうのもいるけど、それが幸なのか不幸なのか、まあ考え方しだいだな」

「死んだのに幸せ？　いやだなあ、そんな考え」

「そうは言ってねえよ。死ぬのはみんな一度きり。これはどうしたって免れないから、俺はまあ、あんまり痛くなけりゃいいかって思う。辛いのは、カオルやかあちゃんみたいに残される身だろ。あれを見ろよ。あんな悲しい思いをしないでいられる方がいいのか、それとも、これを知ってこそ人間なのか、そこんとこだよ」

イオは縁に後ろ手をつき、顎を突き上げた。木の一本一本、枝葉の一枚一枚が数えられるほどに、山は自分たちに覆い被さっていた。空を巨人の綿アメみたいな雲がぽっかりと一つ流れていくと、下では、こんもりとした緑の絨毯《じゅうたん》のような山の上を黒い影が這っていく。映画館の大スクリーンを最前列で見上げているような光景だ。

なぜ自分たちはこんな山奥にいて、一人は泣き、一人はしみじみと死を語っているのだろうかと、不意に言いようもなくバカらしいような気持ちになった。こんなに心激しく動かしている自分たちのことを、我関せずと雲は飄々と見下ろして流れていくのだ。

「あたしはやっぱり、自分が死ぬのがいちばん嫌だな。腸《はらわた》が煮えくりかえることや、胸をえぐられることがいっぱいあっても、そんなことがどうでもよく思えるまで、とことん睨みつけて生きていたい」

イオは言い放つ。するとオショさんは天を仰いで「くぅー」と鶴のような声をあげた。

「おまえはすげえや。大物だ」

かなわないなと首をふりつつ、よいしょっと立ち上がって尻を払うと、カオルが胸に赤い缶箱を抱えて外に出てくるのが見えた。ここだ、と手招きすると、はにかむような顔で急ぎもせずやってきた。

「もう気が済んだか」

いたわるオショさんにカオルは黙ったままこくりとうなずいた。

「おっ、蓋も見つかったのか」

山型をした蓋には叩き出しで花のような模様が浮き出ていた。少し埃っぽかったのをオショさんが自分のシャツの裾で拭いてやると、蓋の赤い色が鮮やかに光った。中心の丸い形から放射状に金や銀の線や点が飛び散って、地色が朱赤でなく黒であれば夜空に上がった花火のようにも見える。子どもでなくても、捨てずに再利用したくなるくらいの美しい缶箱だった。

「太陽みたいだから、太陽の箱って呼んでたの。キロちゃん、この箱ずっと大事にしてた」

泣きすぎた声はうわずっているけれど、瞼を腫らした顔で、カオルはそれでも気恥ずかしそうに笑顔を作ろうとしていた。

「来た甲斐あったね。二年間もあの家ん中に残ってたなんて、ほんと奇跡だよ」

カオルが胸に抱いた箱の中にきっとキロちゃんはいるのだと、イオは心底そう感じた。

「ああ、まったくだ。なんかぶるっとくるぜ」

幼気《いたいけ》な少年にねだられてこんな辺鄙《へんぴ》な土地まで付き合ったけれど、報われた気持ちにお釣りがくるくらいだ。カオルの執念が引き寄せてくれた神通力を目の当たりにして、イオもオショさんもひとしきり心高ぶらせていた。

「もう少しいさせてやりたいけど、暗くなる前に街明かりのあるところまで戻りたいから、悪いな」

　二人はオショさんのことばに従って道を戻り、車に乗った。来た道を引き返すのは早く、白石村の橋まではものの数分に感じられた。その後もくねくねとした山道を下り、麓の坂下という町に戻るまで、気だるい疲労感に身を委ねたまま三人はほとんど口も利かなかった。せっかく遠出してきたのだからどこかでおいしいものでも食べてカオルを元気づけてやりたかったけれど、帰宅の時間を考えるとそんな余裕もなく、行きと同じように高速のサービスエリアに立ち寄った。

「うわぁ、ちょっとちょっとすごいじゃん、この夕焼け！」

　車を降りるなりイオは声高く叫んだ。背にしてきた空をふり返って見ると、ぎらつくほどに赤々と染まっていた。沈みゆく太陽の光線は棚引く雲に照り映えて、まるで燃えたぎる溶鉱炉の海のようだった。それは一日が静かに終わっていく黄昏《たそがれ》のときではなく、今なお活力に満ち、燃えさかる炎の裾をひるがえしていく太陽の底力を見せつけているかのようだった。

「うわぁ」

　同じように感嘆したカオルの瞳にも火を灯したように赤がゆらめいていた。

「やってくれるね、太陽。ああ、あたし、あそこに飛びこんでみたい」

両手を広げ、あたかも胸に空を迎え入れるように立ったイオは溌剌《はつらつ》とした顔を上げ、全身にその朱赤の光を浴びながら叫んだ。

ハンドルを握っている間、オショさんはうまい慰めでも言ってやろうと考えていたけれど、言えば穿り返すようでなにも浮かばなかった。それよりもこの空を眺めている方がずっといいや、と思う。

「見ろよ、太陽ってのは力強いなあ」

イオが先に行ってしまったあとも、オショさんとカオルはまだ二人して空を見上げていた。

「ものすごく怒ってるみたい、空が」

「おまえも怒ってるのか」

「もう今はあんまり。あんなには怒れないよ。強烈だな、あの色。こんなの見ると……」

カオルはちょっと考えてから、「清々する」と付け加えた。少し気が晴れたような顔に見えて、オショさんも「そうか」と笑った。中に入ると、先に来ているはずのイオはどこへ行ったのか姿がなかった。待っていなくてよいかと心配するカオルに、

「あいつはやりたいようにするさ」と答えてオショさんは二人分の食券を買った。

イオが事務所にはじめて顔を出したときは、学校にも行かせず、好きにさせて、あの子の親はもう娘に匙を投げてしまっているのかと思ったけれど、今は彼らのやり方がまんざら悪い方法でもないのだと考え直していた。あの娘が手に負えないのではなく、内なる御しがたいものと格闘しているのがあの子なのだ。それは自分で克服するしかなく、あんなしぶといイオならば、きっとそのうちなんとか切り抜けるだろうと思う。

「ねえ、オショさん。もしぼくが弟でキロちゃんがおにいちゃんだったら、ぼくが余所に行かされてたのかなあ」

カレーライスを食べ終わろうかというとき、カオルは村を出てきてからずっと心に引っかかっていたことを口にしてみた。キロウが引いた運命はたったそれだけのことで決まったのかと思うと、弟の不運があまりにもかわいそうに感じられるのだ。

しかしオショさんは、そうさな、と考える間もなく、「起きた事実は一つ。もしなんて、ない」と、きっぱり否定した。

「あのとき自分が死んでたらとか、よくそんなこと言いたがるやつがいるけど、俺はそういうのいやだな。今さら代わってもやれないことをなんで言うか、意味がわからねえや」

オショさんは残っていたカツ丼をかき込んでお茶をごくりと飲んだ。そして「別にぼくは……」と消え入りそうに口ごもるカオルに向き直った。

「あのな、死んだ人間が恨んだり羨んだりするもんか。それどころか死ぬのがあんたでなくてよかったとでも思ってくれてるのにさ、生き残ったやつがそれを言うなよ。そりゃカオル、えらい思いちがいだ。そんなこと言っちゃ……死んだ人間に申し訳ないんだ」

ちょっと聞いてみただけなのに、いつになく熱っぽくなったオショさんを相手にカオルはことばを返す隙もなかった。

「弟が死んだことにおまえは微塵も責任がない！　余計なことは考えるな」

ぴしゃりとした物言いで怒られて、悪くもないのにカオルは「うん……」と説き伏せられた。皿に残った一口のカレーライスは白いごはんばかりになって、それを口に運んでカオルもごくりと水を飲んだ。

「カオルがにいちゃんで弟もうれしかっただろうぜ」

「ほんと？」と顔を向けると、薄らひげの顔が大仰に「ああぁ」とうなずいた。

「そうに決まってる。二年間もおまえが弟を思い続けたように、キロちゃんだって待ってたのさ。だからその箱を手許《てもと》に残してくれたんだろ」

急につんと込み上げるものがあって、カオルはテーブルに置いた箱を膝の上に抱えた。キロウの幼い顔はいつものようにあどけなく笑い、それを思い浮かべるとまた涙がこぼれてきた。

「おまえはえらいよ。弟を思い、かあちゃんを気遣って、辛かっただろうがその分うんと賢くなった。だろ？　そんな気持ち、五十になっても知らずにのほほんと生きて暮らすやつもいっぱいいるぜ」

叱ったかと思えば今度はえらいとほめる。そんなオショさんに背中をさすられながら、カオルはなにに返事することもなく何度もうなずいていた。

「問題はな、これから先だ。俺もさ、川底にたまった泥を、こう、掻き回すような気持ちを何度か味わったもんだ。汚い泥でなんにも見えなくなるだろ？　だけどな、ちょっと待てばやがて泥はまた下に沈んで澄んでくる。短気なんか起こすんじゃねえぞ。

なーんもいいことねえ」

オショさんは辛いときにはその箱を見て、今日の自分を思い出せ、生き残ったと思うなら、とにかくこの先を大事に生きろ、と励ました。

「俺ぁ、おまえに感服した。強くて、やさしくて……その気持ちがあれば大丈夫だ。おまえが挫《くじ》けたりしたら、それこそキロちゃんが泣くぜ。そうだろ？」

カオルは顔を上げ、涙がこぼれないように目を見張って唇を噛んだ。見知らぬ人が心配そうな顔でちらちらと遠巻きに視線を投げているのが感じられたが気にもしなかった。その向こうからイオがやってくるのが見えた。

「なんだ、ここにいたの」

「なんだじゃねえだろ。おまえこそどこに行ってたんだ」

「あたしはあっちで焼きイカ食べてた。たまんないよ、あの匂いが。それと押し寿司。名物なんだって」

イオは伸び上がってオショさんの空になった丼を覗き、ふんとほくそえんだ。「さ、行こうか」と立ち上がり、三人はまた車に戻った。赤く燃えたぎっていた空はもう静かに落ち着いて、夜の群青と昼の名残の茜色に空をくっきり染め分けていた。

4

母の入居している施設から、容態がしだいに悪くなっているので、会わせたい人がいるなら今のうちがいいだろうと連絡があった。そう聞いたところで血縁は妹と二人だけだし、親交のあった人ともここに入居する時点で別れたも同然で、特に連絡してやる人もいなかった。

しいて思い浮かぶのは、昔世話になった「なのか食堂」のおじさんとおばさんだけれど、あの二人もそろって八十近くになっているはずで、勝手にご無沙汰しておいて、今さら呼び出すのもなぁと思う。それに、俺やあのころにまつわる記憶を封印している母が彼らのことを覚えているかどうか、それも甚だ疑わしかった。

俺たちを抱え、暮らしがいちばん困窮していたころ、「とにかく食べるだけはなんとかしてやるから」と母を雇ってくれたのが「なのか食堂」のあの夫婦だった。子どもの俺には当時のことはよくわからなかったけれど、あとになってふり返れば、身よりもなく笹舟に乗ったような母子が世間を恨まず生きてこられたのは、ひとえにあの夫婦の人情に触れていたからだと思う。

母がもっと稼がなければいけない状況になったときに、帳簿もつけられる人だからと、常連客だった設計事務所の社長に紹介してくれたのもこの人たちだった。おかげで母はそこの正社員となり、それからも二年間は事務所の仕事をしつつ、夜は食堂の店じまいを手伝っていた。あのころは俺にとってもいいときだった。

そののち母は事務所の社長から求婚された。年はずいぶん離れていたけれど、長い間患っていた奥さんを亡くし、子どももいなかった社長は家族のいる暮らしをひたすら求めていたのだ。

「長いお付き合いだけど、あの人はまちがいのない人物だよ」と後押ししてくれたのも食堂の夫婦で、母もこの人たちがそう言うのならと決心をつけた。それにともない俺たちは引っ越して、あの夫婦に会うのも年に二、三度が一度となり、やがていつしか付き合いも途絶えてしまった。

あの人たちはどうしているだろうか。母の人生が終わろうとしているこのとき、母にまつわる人々として俺が懐かしく思い出せるのはあの人たちだけだ。いつか必ず挨拶に行こう、俺はそう思いながらリノリウムの光る施設の長い廊下を歩いていた。

デイルームのいつもの場所にちらっと目を遣って通り過ぎた。母は十日前からあそこに座ることがなくなってしまった。病室にいることを嫌って日がな一日あそこで過ごした人だったけれど、さすがにベッドに横たわらずにはいられなくなってしまったのだ。

――さあ、今日は誰だと名乗ろうか。

この間はようやくやってきた妹といっしょに見舞った。再婚して父との間に生まれた妹のことはちゃんとわかっているので、病室では妹が話していた。その後ろに隠れるように突っ立っていた俺のことを母は交際相手だとでも勘ぐったようで、会話の間にちらちらと俺を見るけれど、誰かとたずねることはしなかった。

ちょっと緊張する。意を決して病室へ入ると、母はベッドの背を起こして座っていた。

「こんにちは。気分はどうですか」

構えずさらりと言うと、一瞬あらっという顔をしたものの警戒するようすもなく、母は「変わらずです」と答えた。白いポロシャツがなんとなく病院関係者のように見えたのだろうか。俺は座ってもいいかと断ってベッドサイドの丸椅子に腰かけた。

「痛いとか苦しいとかはありますか」

そう見られたなら、いっそ病院のスタッフに成りすまそうと俺は慣れたような口調で具合をたずねた。

「あのね、顔のマーク見せられてどれですかって聞かれても、わたし困るの」

看護師が痛みの程度を聞くときに見せるシートのことを言っているのだろう。シンプルな顔が平常から目を固く閉じて苦痛に歪んだ表情まで四段階で描かれており、自分の痛みがどの程度かを指すのだ。

「これですって痛い方のを指しても信じてくれないの。だったらなぜ聞くのかしら。顔に出さないように辛抱してるだけなのに」

やっぱり痛いのか……。かわいそうになって掛け毛布の上に手を置く。すると母は、

「今はそうでもないのよ」と、もうずっと見た覚えもなかった、子どものころの、いたわるようなやさしい顔で微笑んだ。

「どのくらい痛いかなんて聞かれるとイライラするの。だけど今みたいに思いやってくださると気が済むわ。痛いの痛くないのって聞かれても……誰だって我慢してるで

しょ。そうじゃなかったらこんなところで寝てるもんですか」

ふふ、と笑った母が誰よりも正常に思え、「おかあさん」と呼びかけてみたくなる。けれど、失敗はこれまでにさんざん味わっているからそれは心の中だけに留めておいた。

「お大事に」と部屋を出たものの、ああ、なにをやっているんだろうかとため息が出た。母が心静かにいられるようにと他人のふりをして接し、おかげで母はずいぶん扱いやすい病人にはなったけれど、はたしてこのまま母の人生を偽りの中で終わらせてしまってもよいのだろうか。

ここにいる認知症の老人たちを見ていると、現実や事実にもはやなんの意味があるのだろうかと思うことがある。結局のところ人は自身がはまりこんだ偽りの中で、あやってゆるやかに溺れて死ぬのだろうかと考えなくもない。けれど、母の脳はどこかはまだ正常で、理解し、思考を続けているじゃないか。あの人は忘却し難いものから逃れようとしてこうなった。その痛い棘を抜いてやることもせず、この方がおとなしいからとあるがままに捨て置いてよいのだろうか。それとも痛みを忘れるために麻痺を選んだ母の選択をやっぱり最期まで重んじてやるべきなのか。

母の再婚相手、つまり俺の養父になってくれた人もどこか寂しいものを背負った人だった。親が裸一貫から起こした建設会社を三十いくつかで継ぐことになり、せっかく手に入れた最大手の設計技師というポストを辞してきた。自分の夢を追うよりも、親の築いた会社と従業員の生活を守るという責任を担わなければならなかったのだ。

身を固めて本腰を入れ、会社を設計事務所として建て直したが、今度は奥さんが難病を患い、闘病と介護の日々がはじまった。会社と病院を行き来して一人住まいの自宅に帰ること十五年。「なのか食堂」の常連だったのはそのせいだ。

再婚により、養父は長らく恵まれなかった家庭生活を手に入れ、母と俺は困窮から救われ、保護者を得た。養父は俺を戸籍に入れる以上に実の親子になろうとしてくれたけれど、ちょうど思春期を迎えていた俺はむしろ祖父に近いようなこの人をそう簡単には受け入れられなかった。養父のおかげで大学も出て、社会にも出してもらったのに、結局俺は彼が他界するまでその慈愛のようなぬくもりから目を背け続けてしまった。

養父が亡くなると、すぐさま彼の妹が乗り込んできた。母が後添えになったとき、

「あんたがここを継げへんの、わかってはるやろ」と十一歳の俺に告げた人だ。おっとり澄ました顔で、やんわりとしたことばで、この人は俺たち母子と一族の線引きを徹底し続けていた。意地が悪いわけではないが、「うちらのおとうちゃんが興した会社」を守るという一念が養父よりもはるかに強かったからだ。他家に嫁いでいたとはいえ、もしも妹の彼女が会社を継いでいたなら養父の人生も変わっていただろうに。

連れ子の俺に身の程を諭し続けた人は、妹が生まれるとこれこそ真の跡取りと、俺たちから妹を取りあげた。さすがに母のことまでは吹聴しなかったが、俺とのちがいはきっちり教え込んだらしく、妹が俺を見る目には澄んだガラスの中に紛れ込んだ粟粒ほどの混じりものがある。いくら磨こうとしても塵のようには取り去れない疵だ。養父が俺をなつかせようとしたのも、あるいは家族の間に叔母を介入させまいとする慮《おもんぱか》りがあったのかもしれないが、そんなことに気づきもせず、応えることもなく、結果的には俺が一族の小さな不和の核になってしまったのかもしれない。

俺は毎日、母をこのままそっと見送るべきか、それとももう一度親子の絆を取り戻すべきかで悩んでいた。電車に揺られていても、職場の昼休みにも、一人でいるようなときはぼうっとそのことばかりを考えている。

俺が願うのは……そう切り出して考えてみるのだけれど、いつもその願うところが一つに定まっていかないのだ。まず単純に、やっぱり俺は息子のカオルとしてもう一度母と接したいと考えてみるが、思う端からそれが無理だから母はあんな施設にいるのだと考え直す。ありのままをわからせようと戦った日々からすれば、今の穏やかな母と向き合っている方がお互いにどれだけ安寧か。

すると今度は、安寧……そこに突き当たり、俺も母も、つまりは楽にいられる場所に逃げ込んでいるのじゃないかと自問したくなる。逃避が一つの手段なのはたしかだけれど、それは改善にも、ましてや解決にも繋がっていかないのじゃないか。

あーあ、ごっそり捨てて埋められてしまった記憶の中から、どうにか俺にまつわる記憶を取り戻せないものか……と、そんなことを思ってみて、俺はふっと考え直す。

――本当に俺だけでいいのか。

俺がまたそんな思いにふけっている目の前に、紙ナプキンに乗せた焼き菓子がぽんと差し出された。

「あのう、これちょっと硬いんですけど旅行のお土産なんです。召し上がってくださぁい」

休暇をとって海外旅行をしてきた事務の金森さんがみんなの机に配り置いたのを、俺の隣にいる食いしん坊の山田が誰よりも早くがぶりと頬ばった。

「硬っ！　なにこれ、クッキーじゃないのお？　歯が折れちゃうよ」

「ビスコッティっていうんですぅ。大航海時代に生まれた保存食なんですよ」

金森さんがちょっと硬いと前置きしたじゃないかと誰かが笑うと、「ちょっとどころじゃないっすよ」と山田はまだ言い返していた。大袈裟だなあと呆れながら俺は用心して小さくかじった。

——硬っ。マジか。

クッキーのつもりで口に入れると、そりゃあ石ころのように感じるだろうよと納得した。奥歯で噛むとたしかにごりりと鈍い感触があり、噛み砕く音が頭蓋に響いた。

その瞬間、ふと俺にあの光景が甦った。

——もうどこにもやらないからね。もう、おかあさん、ずっとキロちゃんといるからね。

台所の床に伏して、キロウの小さな骨の欠片をすすり泣きながら食べた母。鬼気迫る光景はかつて俺を怖がらせたけれど、どこにもやらない……そうだ、あのときの母がキロウのことを忘れたいはずがないじゃないか。

人の心は割り切れない。痛い、苦いと背けた実でも、その芯のところには愛おしかったキロウがいて、母がそれさえも葬り去りたいと願ったわけじゃないのだ。大切な芯を母に取り戻してやりたい、ああ、そうだ、俺の望みはそれなんだ！

「な、硬いだろ」

耳に届いた山田の声に「あ、ああ」と応じたとき、俺の心はもう決まっていた。

その二日後、俺は決意を心に再び母の施設を訪れた。部屋を覗く前に詰め所で今日の具合をたずねてみると、受け答えはちょっと億劫そうだけれど、安定しているとのことだ。

「大丈夫。こっちの言うことはよくわかってるし、退屈してるだろうから相手をしてあげて」

看護師の声が俺を後押ししてくれた。病室の戸が握り拳くらい開いていたので形ばかりのノックをして中に入った。

「こんにちは」

肩先からくるっとこちらを振り返った顔が不審そうな視線を這わせた。俺はお辞儀というよりは、身を屈め、母の目線の高さになるように顔を突き出した。

「あの、ぼく、何度かデイルームでお相手させていただいたことがあるんですが、覚えていらっしゃいますか」

そんなはずがないのは百も承知しているけれど、努めてにこやかに話しかけると、母は仰向けに直ってこちらを見上げた。その顔に「どうも」と挨拶すると、問いかけるような目を向けたまま母もこくりとした。

「あなたが話しかけてくださるのをいつも楽しみにしていたんですが、このところデイルームでお見かけしなくなって。失礼だとは思いましたがお部屋まで伺いました」

詫びる俺に、母は少し首をふって迷惑していないと意思表示してくれた。やさしい口調や丁寧に接してもらうことが好きで、そんな相手には同じような態度をとる。アパートで貧乏暮らしをしていたときでさえ母は常にそういう人だった。

「やっぱりここに来たら、お話しして帰らないとなんか物足りなくてね」

俺の話し相手をしたことなど覚えているはずはないのだけれど、やさしいことを言う俺に母は痩せた頰をゆるませ、にこりとすらした。

「ぼく、ここには母の見舞いでやってくるんですが、母はぼくのこと全然わかんなくなっちゃって。だからあなたがお相手してくださるのがとてもうれしかったんです。ぼくのこと、まだあまり話してませんでしたよね。ご気分悪くなかったら、ここでおしゃべりしていってもいいですか」

母の目はデイルームで話していたときと変わらず好意的だった。こんな顔をされるといつもなら欺いているようで罪悪感を覚えるけれど、今日はちっとも感じなかった。

「あのね、前にぼく、妹が一人いるって言いましたけど、実は弟もいたんです。けれど三歳のとき、親戚の家で事故があって亡くなってしまいました」

表情がひくっとでもすれば俺の決心も揺らいだけれど、母はそう聞いてもまったく動じるようすもなく、あら、そうなのという顔を向けていたので俺はそのまま話を続けた。

「辛かったんですけど、それより母がね、自分の責任を、もう身が張り裂けるほど感じているのがぼくでもわかるんですよ。だから、詳しいことは聞けないまま、ちっとも消化しない石でも呑み込まされたような気持ちでした」

ああ、たしかにそうだった。あのころ胸の中に渦巻いて、はけ口もなくためていたものが、こうして話している今もぽろぽろと一欠片ずつ手の中に落ちてくるようだ。

「ぼくね、二年間思いつめていたんです。今思うと、悲しいというより怒ってましたね。母の苦痛はわかるけど、でもねぇ、ぼくだって納得がいかないままでいるのがずっと苦しくて、やっぱり母を責めていました」

目の前の母は名も知らぬ男の気の毒な身の上話に同情の相槌を打ち、瞳はやはり話の続きを求めていた。

「学校でね、三人寄れば文殊の知恵ってことわざを習ったんです。文殊さまっていうのが知恵を授けてくれる仏さまだって教わったから、ぼくね、助けてほしくて近くの文殊寺へ行ってみたんですよ。子どもなのに、笑っちゃうでしょ。

そしたら御利益っていうのか、あそこの門前にある商店街で念力研究所って貼り紙を目にしたんです」

話すうち、俺は十一歳の少年のころに戻っていった。母の再婚にともないアパートを引っ越したので、以来あの商店街から遠ざかってしまったけれど、あの二人と関わったたった八週間ほどの日々は何年経っても俺の記憶から色褪せることがない。聞いている母の瞳が輝くのは、嬉々とした俺の心がそこに照り映えているからだろうか。退屈な病床で、とある少年の日常話は害もなく面白いのか、白い顔はずっと俺を見上げていた。

「念力でなんとかしてもらおうなんて、いかにも子どもの発想でしょ。だけどそこで出会った二人のおかげで本当になんとかなっちゃったんですよ」

俺が笑うと母も笑った。ようし、このまま。ひやひやしている内心を表に出さないように、俺は努めて他人のままでいようと演じた。急ぐな、引きすぎるな、あたかも釣り人のような呼吸で頃合いをうかがい、脈を取る医者のような慎重さで母の微々たる変化も見逃すまいとした。

「ぼくね、母には友だちの家で遊ぶと嘘をついて、実はその人たちといっしょに弟が亡くなった村を見にいったんです。もう誰もいない廃村でしたけど、弟との絆がそこで途絶えたままになっているような気がして、どうしてもそこが見たかったんです。するとね……」

息を呑み、母が俺を凝視した。話に引き込まれて、その目は続きを知りたがっていた。

「するとね、弟が壊れかけた家の中で待っていてくれたんです」

母の顔がほぉっと上向き、好奇の目が輝いた。

「廃屋の中に、弟がおもちゃ箱にしてたお菓子の缶が転がっていたんです。室内は荒らされていたのに、どうしてかそれが残っていてね、まあ、あんながらくたをわざわざ拾っていく人もいないでしょうけど、ぼくにとっては、あれはもう弟そのものでした。うれしくて、うれしくて……」

取り戻したよろこびの奥に、それを超える悲しみがあった。弟と育った楽しい日々があったからこそ、あんなにも痛くて苦しくて……。甘えるような親しみと、胸を穿《うが》つような悲しみが渾然と一つになってやってきたあの日の気持ちを、俺はいまだにうまくことばにできない。

「箱は持ち帰りましたが、そもそも内緒でしょ。母に見つかるのが怖くてずっと隠していました。どうやってたと思いますか」

じらされると、母は顎をちょっと突き上げて催促した。

「狭いアパートじゃ隠し場所に困ってね、ランドセルに入れて持ち歩いていたんです。でも、そうすると教科書が入りきらなくなっちゃうから、それは体操着の袋にねじ込んだり、それでもダメなときは、ここ」

俺はシャツをめくり、腹をさすって笑った。隠し事をするには骨が折れる。ましてや子どもはおとなの数倍も苦労するのだ。

ランドセルの中を点検されると困るから、前の晩にきちんと詰めて準備をするようになった。「明日の用意」をするようになった息子に母は目を細めていたけれど、こっちは内心びくびくし通しで、そんなことがアパートを離れるまでずっと続いていた。母の再婚で引っ越して、なにがうれしかったかと言えば、それは鍵のついた深い引き出しのある学習机を買ってもらえたことだ。

そんなあれこれを話して聞かせても、ベッドに横たわる母は思い当たる節もないのだろう、少年の奮闘ぶりを楽しんで目をやわらかく笑わせている。

「そのとき苦労して隠し続けた箱を、今日は持ってきているんですけど、ご覧になりますか」

好奇に満ちた目が即座に「ええ」とうなずいたから、俺はカバンの中から山吹色の布包みを取り出した。まるでここで食べるために持参した弁当のように見えたことだろう。それを母の胸の上に置いてゆっくりと包みをほどいた。

赤い缶箱が現れたとき、母の瞳に一瞬影がさした。眼球が不安そうに箱と俺の顔との間で小刻みに揺れ動く。訝っているのか怯えているのか、それでも母は嫌がらなかったので、蓋を開け、中身がよく見えるように箱を傾けてやると、母はじっと中を覗き、そしてとてもゆっくりと、用心深く、あたかも砂粒を摘むかのように小さなゴム人形に触れた。

摘み、なにかを探ろうとする目、そして後ずさりするように、ゆっくり指を引っ込めた。けれど、俺が人形を箱に戻そうとすると、それを遮って中をまさぐり、母の指は底に入れてあった写真を摘みだした。

「ああ、それ。これが弟で、こっちが九歳の……」

母の感情が爆発するのが怖くて、この期に及んでまだ俺は見知らぬ男の過去の出来事だと思わせようとしていた。しかし、そんなことなど耳にも届かないようすで、もの言わぬまま母の目はもはやその写真に釘付けになっていた。

「子どものころは、知られるのが怖かったし、これを見たら母が苦しむだろうと考えていました。それからは話すタイミングがなくなって。今さら見せるっていうのもずいぶん迷ったんですが、ただ……ぼくね、こんな遺品を見せたいのじゃなくて、どうしても伝えたいことがあるんです」

母の目は写真を見つめたままちっともこちらを向かなかったけれど、俺はかまわず話し続けた。

「商店街事務所の管理人だった人をオショさんと呼んでいたんですが、その人がね、箱を拾って帰るときぼくに怒ったんです。死んだ人のことを不憫《ふびん》に思うのは失礼だ。生きてるのをありがたく思って、これから先を大事に生きろって。

箱はその晩は事務所に預かってもらって、翌日取りにいったんですけど、そのときにもまた言うんですよ。くどいオヤジさんでしょ」

俺が笑っても、母はもう笑わなかった。ただ一言も聞きもらすまいとする深い視線が俺を見据えていた。

「弟は幸せだった。そう何度も言い聞かせてくれるんですけど、まさかねえ。だけど、それから弟のことを考えるとき、いつもそのことばが頭を過《よぎ》るんです」

気持ちが沈む日には同じ巣箱の匂いを求めて、楽しいことがあった日には「ごめん」という後ろめたさを抱えて、殊更よく弟のことを思ったものだが、喪失感がちくっと胸を刺したあと、おまじないのように繰り返してきたそのことばが満足げで穏やかな弟の姿を思い描かせてくれた。刷り込みといえばそのとおりかもしれないが、キロウは幸せだった……一心にそう思うだけで弟は俺を超越した存在になり、あるときは俺の苦痛を笑い、励まし、あるときはともによろこび、すうっと胸の中に大きな憩いとなって広がっていった。

連れ子だとあからさまに差別する叔母の態度や耳に入ってくる陰口、それらをやり過ごすためにあの箱がずいぶん支えになってくれた。なにも経験せず死んだ弟の方がどれだけか幸せかと思えた日もあったけれど、そんなときも箱を開けてしばらく眺めていると、それは了見ちがいだと心が鎮まっていった。

「弟が泣いたり怒ったりしている顔は思い浮かびません。顔は三歳のまま、それこそお地蔵さんみたいにね、たいていのぼくのモヤモヤをあいつが半分吸い取ってくれるような気になりました」

母の記憶がだんだんおかしくなっていったときはもっとやるせなかった。年齢のせいと諦めてしまえる年ではなかったから未練が多く、なによりも母と息子という血の絆を拒まれたことには、どう慰めてみても治まらない寂しさがある。その頃はもう二十歳を過ぎていたからさすがに箱の出番はなかったけれど、心の中で弟に「なあ」と愚痴ってみると、少し微笑みかけるような目をして俺に黙って寄り添ってくれた。

「ぼくが一人でいるより強いっていうか、誤解のある言い方かもしれませんが、んー、なんて言うか、弟を亡くしたのは不運で悲しいことですが、そこからぼくがもらったものがある。弟の死から生まれ、注がれてくるなにかが感じられてね、ぼくは弟にありがとうって言いたい気持ちなんです」

それは恵みと呼ぶべきものなのか。払われた弟の犠牲を思うと、俺はそう呼ぶのをためらうけれど、痛みをともなって受け取るからこそ、こうした心境の中に見出す思いを人は恵みと感じるのかもしれない。母の潤みかけた瞳は険しくても、拒絶することなく、むしろもの問いたげに迫っていた。

「ぼくでは母を救ってやれませんでした。自分を責め、癒されちゃいけないと思ってる人に慰めなんか通用するもんですか。そうでしょ？　とはいえ、そっとしておくしかなかったことがぼくの悔いでした。

今だって、その苦痛をやっぱりぼくにはどうしてやることもできませんが、もう一人の息子、残ったぼくがあの悲しみをどんなふうに糧として育ったか、弟の死がぼくにどんな出会いをもたらし、力を与えてくれたかを語ってやりたいんです。あの出来事はけっしてぼくらの不幸というばかりじゃなかった……死んだ弟のためにも、ぼくはこれからもそう思って生きていきたいんです」

　母は顔を天井の一点に向けたままなにを考えていたのだろうか。その目からつうっと一筋涙がつたったのは単に見ず知らずの俺の話に同情を寄せたのか、それとも霞の中に消えている記憶のどこかに触れたのか、母は微笑みと呼ぶにはあまりにも微かな表情を俺に投げかけた。


　それから十二日後に母は息を引き取った。病床に伏せっていたときよりも心持ち若い顔をして、もう生命が宿っていない不思議な清潔感を漂わせていた。「おかあさん」と声をあげて泣いている妹の横で俺は淡々と、愛着のあった欠けた茶碗をとうとう捨てるような気持ちで「お疲れさん」とつぶやいていた。母の死が近いと考えるだけで胸苦しかったのに、滅多に見舞うこともなかった妹が泣き、実際はこうなのかと、妙に達観する自分がその場にいた。

　ただ、火葬場で母の骨を拾うとき、キロウの骨を口に入れずにはいられなかった母の衝動が痛いほど俺の胸にも込み上げてきた。けれども発作のようなそれが治まれば、あの世はそれほど遠くもなく、どこかで暮らすキロウのところに母が越していくほどに感じられた。二人で和んでくれ、そう願う俺に喪失感はさしてなく、敢えて言うなら、長い間ぽとぽとと水を滴らせていた蛇口がやっと締まったような感じで、俺は落ちてこなくなった次の一滴をまだどこかで待ち侘びながら、ああ、すべてが終わったのかと心安らいでいるのだ。

相続を争う気など毛頭なく、俺はとにかく自由になることを望んで妹と叔母にすべてを委ねた。そして大方がとんとんと片付いたころ、懐かしい「なのか食堂」の暖簾《のれん》をくぐった。

以前の店なら、平日は短時間で飯を食っていくサラリーマンたちで戦場のようにごったがえしていても、休日となるとかえって落ち着いていたはずだった。しかし、今はこんな手間のかかる料理がめずらしくなったのか、日曜日だというのに家族連れやカップル、女ばかりのグループ客などで五つあるテーブル席は全部埋まっていた。男客ならそっちから埋まるはずのカウンター席が三つ空いていたので、俺は奥まで入っていちばん隅に座った。

若い店員さんがお客の間を忙しそうに動き回っている向こうに、悠長にお茶を注いで回るおばさんの姿が見えた。昔からどんなに店が混んでいるときも気ぜわしい素振りは見せたことがなく、ともすれば五分、十分で食事を済ませていく客の前に「ごゆっくり」と定食の膳を置いたものだ。手際よくのんびりと、これが素人にはなかなかむずかしい技なのよと母がよく言っていた。

愛嬌のいいお獅子のような顔が少し萎んだだろうか。けれども絣《かすり》の作務衣《さむえ》を着てふりまく笑顔はやっぱりあの人だとすぐにわかる。

首を伸ばしてこっちに来るのを待っていたけれど、テーブル席から「お茶くださーい」と声がかかってそっちへ行ってしまった。

カウンターから厨房をうかがうと、そこにおじさんの姿はなく、知らない顔の調理人がいた。それもそうだ。二十年はご無沙汰だったのだからタイムスリップしたようにいくわけがない。注文を取りにきた子に大将は元気かと聞くと、仕込みをやって昼は休み、夜は店に立っているのだと教えられた。

元気なら、まぁいいや。

俺は頭の中でおばさんがこっちに来るところを想像してみる。

「真イカの下足《げそ》と分葱《わけぎ》のぬたって今もありますか」

「おや、お馴染みさんですかねえ、そんなの知ってるなんて」

「まかないで食べさせてもらった味が今も懐かしいですよ」

「まかない？　あれっ、うちにいた子だっけ」

「お世話になってたのは母で、ぼくはカオルです」

「カオル！　ええーっ、いづみちゃんのボク？　あらぁ……」

おばさんはきっと少し身を引いて俺を眺め、また「あらぁ」と笑って柏手をぱんと打つにちがいない。そして「どう？　いづみちゃんは元気」と聞くだろう。

そうやって話が進むところを思い描いてみたけれど、どうやら間が悪かった。さっきからちらちら視線を送っているのにおばさんはちっとも気づかないし、定食を運んできた子にだって、この忙しそうな中わざわざ呼んでくれとも頼めやしない。

レジで勘定を済ませるときおばさんと向かい合ったけれど、すぐ後ろにテーブル席の女性客が並んだので「お久しぶり」の一言もかけそびれた。「ごちそうさま」と釣銭を受け取り、「ありがとうございましたぁ、またどうぞ」の声に送られて店を出た。

店の前からバスに乗り、三つ先の文殊寺前で降りると「五角商店街」と書かれた昔のままのアーチが目についた。雑多な店が統一感もなく並んだこの門前町に来るのは引っ越して以来だけれど、この通りの、むしろどう変わればいいんだと開き直っているようすが、俺を故郷に帰ってきたように迎え入れてくれた。

それでも通りを歩けば、よく知っていたゲームセンターは二階建てに進化を遂げていたし、その隣にあったはずのＣＤ店が携帯電話のショップに変わって、二十二年の時代の変遷を感じた。

そんな中、あの老舗《しにせ》はどっしり健在だった。

――なかじまの海老あられかぁ。

オショさんが借りてきた軽ワゴン車はこの店の業務車だった。ちょっと恥ずかしがって乗った思い出が指をさすほどに懐かしかった。足が勝手に店の中に向かって、俺は買ったこともなかった袋入りの海老あられを一袋求めた。六百八十円とは、量のわりに結構いい値段している。手提げのレジ袋に書かれた毛筆体の文字があのときと全く変わらず、通りを歩きながらなぜか子どもじみて自慢げにふってみたくなった。

寺の山門が目前に迫るようになって、とっくに考えてみるべきだった懸念が不意に頭を掠《かす》めた。

――オショさんって、まだあそこにいるのだろうか。

二十二年という歳月を失念していたわけじゃないけれど、失礼な話だが、なぜかあの人に限ってはもっといい仕事に転職しているとか、あそこを離れてこざっぱりとした暮らしをしているとかは想像できないのだ。生活しているというよりは、あそこに棲んでいるという強烈な印象のせいだろうか。ともあれ、商店街事務所は昔の造りのままそこにあった。

表のガラスには相も変わらずべたべたといろんな会合の貼り紙があり、名前は変われどもまだ町内選出の区議会議員の看板も立っている。そこにやはり一枚、小さく「念力研究所」の文字を見つけたとき、俺はうれしさのあまり腹をよじり、バカみたいに声をたてて笑ってしまった。

「こんにちはー」

奥から「ほーい」と声があり、上がれと呼ばずにめずらしく向こうから出てきたが、別の人だと思ったのか、俺を見るなり当てが外れた顔をした。

「お久しぶりです、オショさん」

どんな反応をしてくれるのか、期待半分にそう呼びかけると、「……カオルかっ！」

と、仰《の》け反《ぞ》った。

「わかりますか、ぼくが」

「わかるもんかよ。けど、そうやって呼ぶのはおまえとイオだけだ」

と唾を飛ばすほどによろこんでくれた。

「イオさん！　ああ、会いたいなぁ」

その名前を聞けば、こっちの心も跳ね上がった。

「知ってるか！　あいつ、えらいもんになっちまったんだ」

まるで数日ぶりに会ったかのように会話はいきなり勢いづいた。初対面のときのオショさんは老けて見えていたのか、風体が今もほとんど変わらず、しいて言えばひげに若干白いものが増えたと感じる程度だった。

「あいつ、あのあと急に英語の勉強するんだって頑張りだしただろ？　覚えているよな」

言われて「おうおう」と思い出す。猛烈な集中力を見せつけられたものだが、ほどなく母の再婚が決まってこの界隈を離れてしまったからその先のことは知らない。

「四週間って宣言して、ほんとにあいつ、そんな短期間でマスターしやがってさ、それでどうなったと思う？　アメリカに渡ったんだあ」

　立ち話もなんだからと手招かれて、ちっとも変わっていない乱雑な事務所のソファに腰かけた。

「はじめはさ、なんとかって理系のいい学校に入って、飛び級っていうのか、あっという間に進んで今度は医学部だってよ。あいつ、やっぱりここはよかったんだな」

　オショさんは自分のこめかみをつついて大笑いした。

「そいでもって今はこれだよ。昔よりおっかない恰好してるだろ。ＮＡＳＡだってさ」

　戸棚のガラスに貼り付けた写真に白い宇宙服とつなぎ姿の人々。

　そのうちの一人をオショさんは「これだ」と指さした。

「えー、イオさん宇宙飛行士になったんですか！」

「いいや、そうじゃないけど無重力のところでの医学実験とかに参加してるらしいよ。まったく、あのイオがなあ……。年に一通便りをくれるんだ。これが最近の」

　見せてくれた写真はすっかりおとなになっていたけれど、瞳の真っ直ぐさがイオにちがいなかった。自宅で三匹の犬とたわむれている写真で、犬種は知らないが、それそれのところにピンクの蛍光ペンで「ナノ、ピコ、フェムト」と、そして自分には「IO」と名前がふってあった。

「へー、イオさんらしいなあ。独身？」

「でなきゃ犬なんか飼ってるもんか」

それは暴言だが、この辛辣さが健在で無性にうれしくなった。

「あいつもさ、廃村行きでなんか拾ったな。ああいうやつはさ、適当なところでうまく爆発させてやらねえと厄介なんだよ。あれがあって、ぐちゃぐちゃに絡まってた自分がちゃんと配線できたってことだろうよ。カオルに出会ったおかげだな」

いいや、それを言うならこっちの方だ。

「ぼくも引っ越して会えなくなったのが、もうどんなに残念だったか。手紙出したかったけど、住所どころか名前もわかんなかったから」

オショさんとイオ。呆れたことにそうとしか知らなかったのだ。

「けど、これなら届いてるぜ」

オショさんは使い古した住所録からハガキを一枚抜き出した。

「ああっ！　うそうそ……届いてたんだあ！」

町名のところは五角商店街事務所、宛名は管理人　オショ様。苦肉の策で引っ越し先から一枚出したやつは戻ってはこなかったが、まさかちゃんと届いていたとは二十二年間思いもしなかった。裏を返すと当時の幼い鉛筆の字で、

――いろいろお世話になりました。ぼくはぜったいわすれません。またかならず会いにいきます。

と書かれていた。

「いつ来るのかと、もう待ちくたびれてたよぉ。そいで、うまくやってたか。かあちゃん元気か」

「それが、つい先日亡くなったんです、病気で」

「ええっ」とそれまで笑っていた顔が急にすとんと伸びて、言いかけたことばを含んだようにオショさんは口を小さくすぼめた。寂しげに「そうか……」とつぶやいてくれた姿に、これ以上のお悔やみはいらないと感じた。

「母とはいろいろあったんですけどね、最後はこの箱が救ってくれたんじゃないかと。お礼が言いたくて来たんですよ」

カバンから箱を出して机の上に置くと、オショさんは吠えるような声をあげて、俺

を見たとき以上に驚いた。

「まだ持ってたのかあ。うわぁ……。な、おまえ、ゆっくりしていけるんだろ？　今日はちょっといっしょに飲もうや。もう、話が聞きたくてむずむずしてきた」

　こっちもそのつもりで来たのだと言うとオショさんはよろこんで、急にネジを巻いたようにそわそわと動き出した。

「あー、んじゃ、夕方の予定をあけてくるから、おまえ、ちょっとここで留守番しててくれるか。あー、別に大した用があるのは来ないから。ひょっとすると忘れ物のポーチを取りにくるのがいるかも。持ち主かどうか確認して、そこの用紙に……もう、適当にやっておいてくれ」

　指示も半端に、気が急《せ》いて飛び出していったオショさんを見送って、俺は子どものころのようにくすくす笑った。こんな馴れ馴れしさと寛ぎは家族からも得られなかった。染みついた垢を恥じることもない衒《てら》いのなさが、なぜ、どのような縁があってあのオッサンからもたらされてくるのか。

——それにしても片付かない部屋だなあ。

イオがあのころ整理した机や棚は、すっかりオショさん流の乱雑ぶりを取り戻していたが、しかし、よくもまぁこの積み上げられた中から写真にしてもハガキにしても、すっと取り出せたもんだ。

――神業だな。

一人笑いを浮かべて部屋を見回して、事務椅子の背後にある引き戸に目がいった。そこにあるもう一室が住み込みのオショさんの自宅なのだが、何度か来ていてもあそこは一度だって覗いたことがない。かつてイオが真顔で、

「きっとオショさんの仲間のキノコが生えているにちがいない」

と、言ったのを子どもの俺は半ば信じ、勝手に開けて中を覗くとあの人の暴いてはいけない秘密を知ってしまうようで禁忌に思われたものだ。今はいたずらなイオに担がれたのだとわかるが、仲間かどうかはともかく、こちらの事務所のようすから察するにキノコくらい生えていても別段驚かない気がする。

誰もいないならこっそり覗いてみようとしたとき、表の戸が開いて、「こんにちは」と小さな声がした。首を伸ばすと、同じように土間から若い女性がこちらをうかがっており、目が合った。

「あの、商店街事務局はこちらでよろしかったですか」

このショボい空き店舗を「局」と呼ぶのは大袈裟すぎて笑えたが、「ええ」と応じて立っていった。

「わたし、先日そこのモナミさんというお店で買い物をして……」

「ああ、ポーチの方ですね。お預かりしてますよ。どうぞこちらへ」

女性は誰かの家でも訪ねるように、「おじゃまします」と靴をそろえて上がってきた。ほっそりと首の長い女性は黒髪を片方の耳の下で束ねて垂らし、それが襟ぐりが少し大きめに開いたカシミアの黒いセーターの色と相まって、肌の色がいっそう透けるようできれいだった。

「どうぞ」と上げたものの、氾濫するオショさんの私物が目にも恥ずかしく、「すみませんね、ここの人、今ちょっと出ていて」と、申し開きをしながらソファの背にだらっと掛かったジャンパーを払い除けた。

「あー、でもポーチのことはちゃんと伺ってますよ」

丸椅子を、自分の袖で拭いてから勧めると、女性はくすっとして頭を下げた。自分でもやっていることが滑稽に思えてきて、俺はあはと照れ隠しで笑ったが、そうするとさらにバカらしさが際立った。

——きれいな人だ。

通りからは丸見えだけれど、二人きりでここにいると思うだけで、やましいほど心がときめいた。そんな心のうちを気取られないように、字が読みにくいふうを装って眉をちょっとしかめ、俺はオショさんが置いていったメモと本人を照合した。

——梨里子。リリコ……。うわぁ、きれいな名前だ。

白い梨の花が咲く光景もいいが、音の響きがさらにいい。この人ならば清楚で可憐な梨の花よりも、リリー、もっと高貴な百合の花だと思えた。

「探していただいて助かりました。わたしったら全然覚えがなくて……。お財布を取り出すときに自分でカウンターに置き忘れてたなんて、ドジな話ですよね」

はい、と受け取るだけで帰るのも気が引けたのか、女性は自分の失敗を種に笑った。礼を言って立ち上がり、ふっとその目が事務机に置かれた赤い缶箱を捉えたとたん、

「うわぁ、これ！」

楚々としていた彼女のテンションが急に跳ね上がった。

「これ、光華堂のクッキーの箱ですよね！」

「そうなんですか。中身は全然知りませんね。たぶん、ぼくらは食ってないと思います。箱だけで」

「あなたの？」と向けた目に、「ええ」とうなずくと、「……ですよね」となぜか頬を赤らめた。

「わたしも持ってたんです、この箱。こんな大きなクッキーがこうやって縦に七枚入っていて、だから蓋がこんもりドーム型なんですよね。わたし、この箱がほしくてほしくて、だから箱が目当てで買ってもらったんです」

両手の指を丸めたり、手刀を切ったり、リリコさんは身振りを交えながら、やってきたときよりもはるかに生き生きとした表情を見せていた。

子どものころ、宝箱にしてきれいな刺繍入りのハンカチとか、外国のお菓子の包み紙とかを大事にしまっていたそうだ。

「デパートの喫茶室で売られてたんですけど、お店はもうとっくになくなっちゃったの。うわぁ懐かしいなあ、このダリアの箱」

「ダリア？　ああ、そうなんですか。ぼくらはずっと、これは太陽なんだと思っていました。光線がぷわぁーって」

もうおとなのくせに、ついうっかりと、俺はキロウと遊んでいたときのままを口にした。

「ああ、太陽！　なるほど。言われてみればそっちだったのかもしれませんね。太陽の箱……うん、きっとそうだわ」

こんな小さな箱一つを見て、同じようによろこぶ人がいるのだと俺はちょっと感動した。

今日はたまたま、しかも二十二年ぶりにこの箱を見せに来たのだと言うと、リリコさんは悲鳴に近い声をあげた。

「わたしもその箱に出会うの、そうね、八歳のときからだから、二十五年ぶり？　やだ、年がわかっちゃう」

同い年か。ふふと微笑んだ顔はまだ少女のように見えた。祖父母の家がこの近くにあって、実は先日もここのお寺がパワースポットだと噂に聞いて立ち寄ってみたそうだ。

「だけど帰りにポーチはなくしたし、全然パワーないじゃないってがっかりしてたんです。でも、そのせいでもう一度呼び寄せられて、まさかねえ、この箱が見られるなんて……。やっぱりなんかあるんですね」

リリコさんは愛おしそうに箱に触れようとして、はっと気づいて手を引っ込めた。

「ごめんなさい。自分のものみたいに錯覚しちゃったわ」

リリコさんが持っていた箱は、その八歳のとき、祖父母の家に遊びにきた帰り道でなくしてしまったそうだ。

「今でもすっごく残念なんです。笑っちゃうでしょ」

いいや、思い出とはそういうものだろう。現に俺だってずっとこの箱を大事にしてきたのだから、目の前に同じ箱を見つけた彼女のせつなさはよくわかる。

「それ、全然変じゃないです。男のぼくが言うのもキモいですけど、ぼくだってこの箱、一度なくしちゃって、執念深いことをやって取り戻したんです。だから、わかります」

俺はふと、この人にならば打ち明けてみたい気持ちになって、つい余計なことまで口走った。

「えっ、そうなの。わたしもかなりしつこく探してもらったんだけど、ダメだったわ。バスの中に置き忘れて、それでバス会社に何度もたずねたんだけど……」

「ここの路線ですか」

「ええ。三つばかり向こうのバス停から乗ったの」

バス停前の食堂でおかあさんと帰りに食事をしたときまではちゃんと持っていた。

しかしその後バスの中で眠ってしまい、「降りるわよ」と言われて慌ててしまったのだという。

「降りてすぐに気づいたんだけど、もうバスは行っちゃってて」

リリコさんは思い出し、つい今しがたのことのように悔しがった。

「え？　そんなにすぐ」

なのに、こんな缶箱が見つからないとは。金品の入った財布やバッグならともかく、座席の忘れ物なら探す手間もなくちゃんと回収されるんじゃないのか。

向こうと指さした方向からすると俺が住んでいた辺りだ。食堂が目の前にあるバス停といえば……。

「お店の名前って覚えてませんよね。ぼくもその辺りに住んでいたんだけど」

「そうなの！　奇遇ぅ。たしかね、中野っていうお店。祖父母の姓が同じ中野だからはっきり覚えてるの」

中野？　俺は頭の中で繰り返し、はたと思い当たった。

「それ、『なのか』じゃないですか。一週間に七日営業してるからなのか食堂っていうのがありますが」

「なのか？　あら、わかんなくなっちゃった。そうなの？」

中野という姓が馴染みなだけに、八歳の子どもならそう読んでしまってもおかしくはない。その瞬間、俺の頭に稲妻の閃光が墜ちた。

「あなた、バスじゃなくて、もしかしてその食堂に置き忘れたんじゃないんですか」

母がそのころちょうど、なのか食堂で働いていた。この箱がそんな高級な店のものなら、自分たちが買ってもらえたはずもないし、母の知り合いにそんなものをくれる人がいるわけもなかった。それを告げてもリリコさんはまだきょとんとして、話が呑み込めないようだった。

「お客さんの忘れ物、取りにこないし、連絡の取りようもない。捨てるのも勿体ないし、だから母がぼくらのために持ち帰った。それですよ！　ぼくらは誓って中のお菓子を食べた覚えがないから、きっとそうですよ」

当時起きたかもしれないことを順に辿ってみて、俺はパズルのピースがはまるように合点がいった。

「わたしの、これがわたしのなくした箱だったってこと？」

半信半疑にこちらの顔を覗く大きな瞳に確信を持ってうなずいてやったけれど、それでもまだリリコさんはいやぁ〜と首をかしげた。

「まさか……。そんな奇跡、ありえないわ」

「ありえないことが起きるから奇跡なんじゃないですか。ぼくだって脳みそがぶるぶるしてますよ」

立ちすくんだままの彼女は「そんなこと……」とつぶやいてうっすら涙目をしているので、「大丈夫ですか」と俺はもう一度彼女を椅子にかけさせた。

「本当にそうなら、なんか……わたし……」

ことばを失うのはこっちも同じだった。俺もソファに腰を下ろすと、リリコさんは自分から進んで話しはじめた。

「わたし、八歳で父と離れちゃったんです」

父がアメリカに移住したが、母は残った。その父がよく光華堂の喫茶室に連れていってくれて、離れてしまう前にこの缶箱に入ったクッキーを買ってもらったという。

「離婚されたんですか」

「うん〜、お互いそうしないところが、ずるいわよねぇ」

笑ってはいるけれど、鼻筋をつたった視線が意味するものなら俺にも覚えがある。親との関わりの中で同じ種類の鈍痛をこの人も抱えているのだろう。

「おとうさんに会えばいいのに。会わなかったんですか、それからは」

その瞬間、リリコさんはまるで小鳥のさえずりに耳を澄ますようにして、それからふふっと笑って俺を見た。

「そんなこと、不思議と誰も聞いてくれなかったわ。……けど、そうたずねてほしかったんだって、今、はっとしました」

彼女は聞いてくれと、祖母が難病を患ったために母親が赴任先のアメリカに渡らなかった経緯を語った。

「父はずっと、わたしたちが来るのを待ってたの。ちゃんと仕送りもあったし、お正月前にはわたし宛に、前の年にやったこと、今年やりたいことをびっしり書いて送ってくれました」

今はパートナーがいるらしく、その人からのメッセージも添えられてくるけど、自分からは二十五年間いつも挨拶文が印刷されたカードを送り返しているだけだという。軽く相槌を打って聞いていると、彼女は不安げな顔で、「これって冷たいと思いますか」と問いかけた。

「さあ。ぼくには……」

わからないのは素っ気ないカードでも律儀に返し続ける彼女の心境だ。迷惑なら返さなければいいし、恋しければとっくに会いにいっているだろう。他人のことを言えた義理じゃないが、ものごとが複雑なのではなく、こういうことは思いの複雑さがものごとに絡みついてしまったのだから、むしろ今は第三者の俺の方がシンプルに見られるのじゃないか、と思えた。

「旅行のついでにちょっと会ってこよう、なんて考えたことないんですか」

「なーんども！」

大きなゴムボールを受け取るような仕草を交えてリリコさんは天を仰いだ。

行く行かないだけでは済まされない亀裂が両親の間に入ってしまったことは子ども心にもわかっていた。待っていても父は帰らない、だからもう少し大きくなったら自分から会いにいこう、そう思ってリリコさんは過ごしたそうだ。けれども母のもとで育つうち、だんだん状況が自分を縛っていったのだという。

「パパに会ってくる、と言えばたぶん止めはしないと思うんです。でもねえ、言い出せないですよ、やっぱり」

　難病と言われた祖母の病状は予想されていたよりも進行がゆるやかで、元気だった祖父が先に心臓発作で亡くなってしまっても、いまだ呼吸器をつけて自宅で長患いをしているそうだ。

　父についていかなかった決断を母は正しかったと自分に言い聞かせているが、口にはしないけれど葛藤をずっと繰り返している、とリリコさんは言った。

「ああなるともう意地の人生かな。あなたは自由に生きればいいって、口では言ってくれるけど、そのことばの端からおばあちゃんの介護で自分は精一杯だっていういやぁなものが匂ってくるの」

　母のそんな姿を見ていると、祖母が恨めしく思える日もあるのだとリリコさんは暗い顔をした。

「本当に憎いのはあんな病気。それはよくわかってるんだけど……。かわいそうなおばあちゃんやママにこんな気持ちを向けてしまうわたしってどうなのって……。ごめんなさい。こういう煮え切らない悩みは、聞きたくないですよね」

ついうっかりと愚痴っぽいことまで聞かせてしまったとリリコさんは詫びたけれど、俺にも似たような事情があったことをこの人はまだ知らない。

「そうでもないですよ」

社交辞令のように返しつつ、俺は箱を包んできた山吹色のバンダナを広げ、中身のゴム人形と写真をそれに包み込んだ。空になった箱をリリコさんの膝の上に乗せてやると、彼女は「ひゃーっ」とまた悲鳴をあげた。手に取ってもいいかと俺に目くばせしてから、

「あぁ、嘘みたい。これがあの箱だなんて……」

まるでオルゴールの音色を聴くかのようにそっと顔を近づけた。

「わたしね、両親の選択って、やっぱり納得できないんです。それぞれの事情を聞けばそれはそうなのかなって諦めてきたんだけど、割り切れないのよ。父も母も、リリコはどう思うって、どうして聞いてくれなかったんだろう。困らせるだけだったとしても、わたしは聞いてほしかったの」

同い年の女性が少女のようにつぶやくのを、俺はちっともおかしいとは感じなかっ

た。

「どうしたかったのかを、これからでも考えてみられたらどうですか。その箱はあなたにお返しします」

「そんな！　ダメよ」

リリコさんは激しく首をふって、箱を突き返そうとした。

「だって、あなたの方がずっと長く、大事に持っていたんだもの。なくした時点でもうわたしのものじゃないわ」

「そう言ってくださるのはうれしいですけど、箱が……妙な言い方だけど、そろそろあなたのところに戻りたがってるんじゃないかな。ここでぼくらが出会うなんて、まさかのまさかでしょ」

「それはそうだけど、だからってわたしは取り返しにきたわけじゃないし、いいのよ」

リリコさんは、そんな気を遣わなくていい、なによりもこの箱が大切にされ、残っていたことがうれしくてたまらないのだと正直に今の気持ちを語った。

「実はね、さっきもちょっとお話ししたように、その箱もいろんな旅をしてきたんですよ。長い間ぼくの側にあって、それでつい先日、その箱がぼくの人生で大きな役目を果たし終えてくれたんです。だから今日はここへその報告に来たんですけどね。ぼくにはこれがもういらなくなりました。ずうっとお借りしちゃったけど、やっとあなたの番じゃないのかな」

「わたしの番?」

俺は深くうなずき、この箱を手許に置いて、本当はどうしたかったのか、これからどうしたいのかをじっくり考えてみてはどうか、と再度進言した。

「えー、そんなことで答えが出るのかしら」

「さあ。答えが出ないっていうのが答えかもしれないし、それはぼくには……。だけど、打開って打って開くって書くでしょ。自動ドアのようには開いてくれないんじゃないでしょうか」

「……」

リリコさんはむずかしそうに眉根を寄せ、しばらく膝の上の箱に目を落としていたけれど、不意に胸の前まで持ち上げると凛々しい顔をこちらに向けた。

「それ……信じてみます。わたしの順番が来たんだって信じてみるから、やっぱりこの箱を返してください!」

その視線が晴れやかでしっかりしていて、ええ、とうなずく俺にも力がみなぎっていくような気がした。

「そうなんだ。わたしなのよね、この次は。わたしが……」

「ああ……うん、言わなくていいです」

こっちが制止して笑うとリリコさんは声をたてて笑った。

「そうよね！　わたしったら、なんか急にぱあっと視界が開けたみたいで。ごめんなさいね、名前も知らないあなたに。恥ずかしいわ」

「ああ、申し遅れました。ぼく……」

立ち上がって名乗ろうとして、ふふと笑いが込み上げた。いったい全体、この場所っていうのはなんて奇妙なところなんだ。

「あの、ここの人、ちょっと用事で出てるだけでそのうち戻ってくるんですけど、会っていきませんか。その箱が今ここにあるのは、どういうわけだかその人のおかげなんです」

「えっ、そうなの！　それはぜひお目にかかっていかなくっちゃ。それと、差し支えなかったら教えていただけないかしら。この箱は、あなたの人生でなにを果たし終えたの」

「それをここの人に報告しに来たんですけど、いっしょに聞いていきませんか」

リリコさんは目を丸く見張ってうんうんとうなずいた。

――オショさんには三人になったと伝えよう。こんなきれいな人が混じるのなら大歓迎にちがいない。

「前にいたイオっていうのはさ、勇ましい恰好していやがったけどさあ……」

照れまくって話す姿がもう目に浮かぶようだ。

「あの、それであなたの名前は？　できれば連絡先とかも知りたいわ」

そう問われた俺は、もうすっかりあのかけがえのない少年の日々に立ち戻っていた。

「とりあえずカオル。連絡先は、ここ」

立っている場所を指さし、「秘密基地なんです」と小声でささやくと、リリコさんは実に愉快そうに了解して、イオさんよりはずいぶんかわいらしく、胸の前で二つの親指を立てた。

この作品は書き下ろしです。

太陽《たいよう》の小箱《こばこ》

中條《ちゅうじょう》てい

令和6年10月10日　初版発行

発行人――石原正康
編集人――高部真人
発行所――株式会社幻冬舎
〒151-0051東京都渋谷区千駄ケ谷4-9-7
電話　03(5411)6222(営業)
　　　03(5411)6211(編集)
公式HP　https://www.gentosha.co.jp/
印刷・製本―中央精版印刷株式会社
装丁者――高橋雅之

幻冬舎文庫

ISBN978-4-344-43420-2　C0193　ち-6-2